Peter Luyendyk
Unterbelichtet
Kriminalgeschichte

Uni**Scripta** Verlag
www.uniscripta.de

Zum Buch

Doris hat die Nase endgültig voll. Sie hasst ihren millionenschweren Gatten, der sie mit seinem Geiz noch in den Wahnsinn treibt. Das Ekelpaket muss *weg*! Doch wie? Sie beginnt Kriminalliteratur zu lesen, findet darin allerdings keine geeignete Methode, ihren Mann aus dem Weg zu räumen. Aber so schnell gibt sie nicht auf. In einem Zeitungsbericht über Selbstmörder, die von der Golden Gate Bridge in San Francisco springen, wird sie schließlich fündig. Sie schlägt ihrem Ehemann, der Hobbyfotograf ist, einen Ausflug zu den Klippen am Meer vor.

Nachdem die ehemüde Frau ihren Mann über die Klippen befördert hat, will sie nun endlich ihr Leben als reiche Erbin und lustige Witwe in vollen Zügen auskosten.

Doch daraus wird nichts...

Der Autor:

Peter Luyendyk ist Niederländer. Er arbeitete zunächst als Foto-Journalist in England und Frankreich. Später ging er nach Deutschland und wechselte dort in den Vertrieb eines internationalen Duty-free-Unternehmens, bevor er den Sprung in die Selbstständigkeit wagte.

Angeregt durch Erfahrungen und Erlebnisse auf seinen zahlreichen beruflichen und privaten Reisen rund um den Globus, begann Peter Luyendyk zu schreiben. Er hat bisher sechs Bücher mit Kurzgeschichten verfasst und sich an ebenso vielen Anthologien beteiligt.

Durch die Teilnahme an kreativen Schreibseminaren, u.a. an der Frankfurter Universität, verfeinerte der Autor seinen Schreibstil. Peter Luyendyk lebt in Hofheim am Taunus, ist verheiratet und hat drei Söhne.

Peter Luyendyk

Unterbelichtet

Kriminalroman

UniScripta

3. überarbeitete Auflage
UniScripta Verlag 2024
edition ullrich
Copyright © 2024
Alle Rechte vorbehalten

Umschlaggestaltung: Thomas Gessner
Titelfoto: Peter Luyendyk
Druck/Herstellung: meinBuch.online GmbH, Darmstadt
Printed in Germany
ISBN 978-3-942728-00-3
www.uniscripta.de

KAPITEL 1

Fasziniert beobachtet Doris Heller, wie der große graue Fisch den kleinen frisst. Flupp ... auf einmal ist der Winzling weg! Sie schaut noch eine Weile hin, fragt sich, ob der kleine Silberling vielleicht wieder ausgespuckt wird. Aber nein, er ist einfach weg; die Sache ist im doppelten Sinn gegessen.

In diesem Moment wird es ihr bewusst: Bernd muss auch weg!

So geht's nicht weiter! Sie muss diese qualvolle Öde ihres Lebens beenden! Er muss verschwinden, und sie will frei sein, will reich sein! Nachdenklich verlässt sie das viel gerühmte Meeresaquarium.

Während sie auf einem großen Umweg nach Hause fährt, lässt sie die letzten Jahre an sich vorüberziehen. Die ewigen Streitereien ums Geld und Bernds ständige Weigerungen, mit ihr in Urlaub zu fahren. Und was für ein Affront ihren ehemaligen Kolleginnen gegenüber, die er bei ihrer Geburtstagsparty einfach vor die Tür gesetzt hat, weil sie seiner Ansicht nach zu fröhlich mit ihr feierten.

Dann die vielen Tage, ja Wochen, die ihr Ehemann einfach nicht mit ihr sprach, weil ihm etwas missfallen hatte, die durch ihn verhängten Ausgangsverbote, wenn sie mal etwas gekauft hatte, das er als überflüssig oder zu teuer ansah. Und jetzt die Tatsache, dass sie keinen Zugriff mehr auf das gemeinsame Konto und weniger Geld zur Verfügung hat als vor der Ehe. Sie grübelt. Wie soll sie es bloß anstellen?

Als sie zu Hause eintrifft, sitzt er am PC, den Rücken ihr zugewandt und bearbeitet, wie so oft, Fotos. Noch hat er sie nicht bemerkt. Verstohlen beobachtet sie ihn von der

Tür aus. In letzter Zeit hat er deutlich zugenommen.

Bernd hat sich vergangenes Jahr, mit Mitte 50, zur Ruhe gesetzt, nachdem er seine Firmenanteile verkauft hatte. Das Familienunternehmen war schon vom Großvater gegründet worden und vor Bernds Eintritt angeblich über 40 Millionen Euro wert gewesen.

Der Mann, seit seiner Kindheit an einen sehr gehobenen Lebensstil gewöhnt, hat sich immer nur halbherzig für die Firma eingesetzt und ging davon aus, dass alles automatisch laufen würde.

Nachdem die Bilanzen immer schlechter wurden und er so überfordert war, dass er, bedingt durch eine mittelschwere Herzattacke, zwei Monate aussetzen musste, kam das Angebot zur Übernahme durch MIC International im richtigen Moment. Er bekam zwar nur einen Teil des mutmaßlichen Wertes, aber auch mit sechs Millionen Euro konnte er es sich bequem machen und seinem einzigen Hobby - der Fotografie - endlich unbeschwert frönen.

Doris betrachtet ihn. Bernd wirkt älter. Ob es an der Langeweile lag? Als sie sich räuspert, dreht er sich um.

„Ach, du bist es. Schon wieder da?" Am liebsten würde sie wortlos das Zimmer verlassen. Seine überhebliche Art geht ihr auf den Geist, aber sie will sich nicht provozieren lassen.

"Ja, Bernd, ich habe nach dem Tennis mit Pauline Kaffee getrunken und war noch im neuen Aquarium."

"Was denn, nichts Neues gekauft? Wofür hast du dieses Mal mein Geld wieder verplempert?"

"Ich habe dir doch gesagt, was ich gemacht habe."

Sie hasst seinen Geiz. Und diese ewigen Rechtfertigungen, wenn sie sich mal was leistet, machen sie wütend. Sie hat doch ihren Beruf als Kosmetikerin aufgegeben, weil Bernd es so wollte. Er hatte ihr damals vor der Hochzeit diplomatisch zu verstehen gegeben, dass die Frau von

Bernd Heller nicht in einem Kosmetiksalon arbeiten könne.

Auch einer von ihr gewünschten Selbstständigkeit mit eigenem Geschäft konnte er nichts abgewinnen. Wenn sie unbedingt etwas tun wolle, war seine Antwort, könne sie gerne in seiner Firma mitarbeiten.

Bei den kurzen Aufenthalten im Unternehmen hatte sie allerdings schnell mitbekommen, dass Bernd zwar der Chef war, aber keinesfalls ernstgenommen wurde; da verzichtete sie auf diese Ehre.

"Was gibt's zu essen?"

"Ich habe einen Seebarsch gekauft, den will ich nachher zubereiten."

"Ist gut", erwidert er und wendet sich wieder dem PC zu.

Sie schaut auf seinen Hinterkopf, der von einem spärlichen roten Haarkranz umrahmt wird, und bekommt Magengrummeln. Wie könnte sie es bloß anstellen? Sie weiß, sie darf keinen Fehler machen.

In den nächsten Wochen verschlingt sie alle vier Krimis, die sich in der Hausbibliothek befinden. Bernd wundert sich schon, dass Doris plötzlich so viel liest und macht spitze Bemerkungen. "Seit wann bist du so literarisch veranlagt? Ich dachte immer, du kannst nur Modehefte lesen", ist noch einer seiner harmloseren Kommentare.

Auch nach der Kriminalliteratur ist sie nicht viel schlauer. Von diesen Fällen kann sie nichts verwenden. Eines Tages liest sie in der Zeitung einen Artikel über die Zahl der Selbstmörder, die jährlich von der Golden Gate Bridge in San Francisco springen. Da kommt ihr eine Idee. In dem Beitrag wird diskutiert, Netze anzubringen, die den potenziellen Todeskandidaten von seiner Absicht abbringen sollen. Es geht aber offensichtlich um hohe Kosten, und der Stadtrat kann oder will dieses Geld nicht ausgeben. Sehr beruhigend findet sie die Tatsache, dass fast alle Lebensmüden auch tatsächlich starben bei ihren freiwilligen Tauchübungen in die Bucht.

Ihr fällt sofort die Geschichte mit dem Selbstmörder bei den Klippen ein. Es war bestimmt schon zehn oder zwölf Jahre her. Der psychisch gestörte Mann war dort heruntergesprungen und muss fürchterlich zugerichtet gewesen sein, da man unten nicht aufs Wasser, sondern auf zackiges Basaltgestein aufschlägt.

In den folgenden Tagen spielt sie alle denkbaren Möglichkeiten und Variationen durch. Immer mehr ist sie davon überzeugt, dass es machbar ist. Und sie gibt sich Mühe, besonders nett zu ihrem Mann zu sein.

An einem sonnigen Herbstnachmittag nimmt die Geschichte ihren Lauf.

"Was hältst du davon, wenn wir einen Ausflug zu den Dünen machen?", schlägt sie ihrem Ehemann vor. "Ich will ein wenig joggen, und du könntest doch fotografieren."

Bernd traut seinen Ohren nicht; ein solcher Vorschlag gehört zu den absoluten Ausnahmefällen in ihrer Beziehung.

"Irgendetwas willst du doch von mir", erwidert er missmutig. "Wenn's um das neue Auto geht, das kannst du vergessen, deins ist ja gerade zwei Jahre alt, nur weil dir die Farbe nicht mehr passt…"

"Aber nein Bernd, ich dachte mir, so kommst du auch mal raus, und man kann das Angenehme mit dem Nützlichen verbinden."

"Na gut", seufzt er. „Wenn du unbedingt willst; ich wollte sowieso mal Aufnahmen bei den Klippen machen."

Doris jubelt innerlich. Sie hatte sich tagelang überlegt, wie man ihn am besten dorthin lotsen könne, und jetzt läuft es besser als gedacht.

Mit dem Vierradantrieb seines Geländewagens lassen

sich die kleinen Nebenstraßen gut bewältigen, und Bernd parkt nach einer knappen Viertelstunde in der Nähe der Klippen.

"O.K., bis nachher dann!", sagt Doris und läuft zügig den kleinen Sandweg hinunter, der zu dem verwitterten alten Leuchtturm führt. Als sie nach einer guten Stunde zurückkommt, ist Bernd immer noch beim Knipsen.

"Jetzt oder nie!", sagt sie sich. Während er gerade einen neuen fotografischen Blickwinkel hinter einem Felsen sucht, lässt sie das Collier, das sie unter dem T-Shirt trägt, nahe am Rand unauffällig in eine flache Kuhle hinter einem kleinen Felsblock gleiten.

"Bernd, fahren wir jetzt?"

"Einen Augenblick, nur noch eine Aufnahme, dann reicht' s für heute!"

Er steht ein wenig wackelig auf einem größeren Stein direkt hinter der niedrigen Brüstung und stellt die Kamera neu ein. Es sieht schon merkwürdig und gefährlich aus, wie er da auf seinen dürren Beinen jongliert und das Stativ ausklappt, hoch- und herunterschraubt, um es dann in der richtigen Lage zu arretieren.

"Was soll das, Bernd? Ich verstehe das nicht. Jeder kann ohne Stativ fotografieren, und du rennst immer mit so einem unhandlichen Ding herum!"

"Das, meine Liebe, hat etwas mit Blende, Belichtungszeit und Tiefenschärfe zu tun, aber das wirst du wohl nie kapieren."

Nach einer geschlagenen Viertelstunde ist auch diese Aufnahme im Kasten und alles wieder im Auto untergebracht.

Es wird schon dunkel, als sie nach Hause kommen.

"Bernd, kannst du bitte noch schnell Butter holen, dann mache ich in der Zwischenzeit das Abendbrot."

Nach Bernds Rückkehr essen sie schweigend. Plötzlich

hält Doris beim Kauen inne und greift sich an den Hals.

"Verflucht, mein Collier ist weg! Hast du es gesehen?"

"Welches meinst du denn, du hast ja mindestens ein Dutzend!"

"Das mit dem neuen Verschluss und den kleinen Perlen; das war doch so teuer, du hast es mir mal gekauft."

"Wieso fehlt' s dir dann so plötzlich?"

"Weil ich es heute beim Joggen anhatte."

"Ja, Herrgott, so was trägt man doch nicht beim Sport."

"Weiß ich schon, aber mit dem reparierten Verschluss hätte wirklich nichts passieren dürfen. Ich werde verrückt, wenn's weg ist; es ist doch mein schönstes Stück!"

"Reg dich nicht auf, wir schauen erst mal im Haus, vielleicht hast du es schon abgelegt."

"Habe ich nicht", erwidert Doris, erklärt sich aber sofort bereit nachzuschauen.

Nach einer halben Stunde kommt sie aufgelöst ins Arbeitszimmer, wo Bernd schon wieder Bilder bearbeitet.

"Es ist nicht da! Ich habe alles abgesucht. Bitte Bernd, wir müssen noch mal zurück. Wenn ich es beim Joggen verloren habe und morgen früh jemand auf dem Weg zum Leuchtturm geht, ist es weg!"

Murrend löst er sich von seinen Bildern und erklärt sich bereit, seine Frau, die in der Dämmerung ungern fährt, nochmals zu den Klippen zu chauffieren. Er zieht eine Jacke über und nimmt den Schlüssel für die Garage.

"Aber schau doch bitte erst mal im Auto nach, ob's da vielleicht heruntergefallen ist", ruft Doris.

"Ja, ja, mach ich", brummelt er und zieht die Tür hinter sich zu. Doris hat ihr Drehbuch exakt im Kopf und ruft Pauline an.

"Pauline, ganz kurz nur, ich habe Milch auf dem Herd. Könntest du nächste Woche Freitag für mich einspringen? Ich habe mittags eine Einladung und schaffe es nicht, auch noch Tennis zu spielen."

Nach der Zusage ihrer Tennisfreundin legt sie auf, sprintet in Bernds Arbeitszimmer und steckt seine Kamera in die große Handtasche, die sie für den Transport schon bereitgelegt hat, und begibt sich zur Garage.

Bernd steht keuchend vor ihr, wischt seine Hosen ab und schimpft: "Ich habe sogar unter den Sitzen nachgeschaut, die blöde Kette ist nicht im Auto!"

"Dann kann sie nur noch in den Dünen oder bei den Klippen verlorengegangen sein."

Als er sich umdreht und etwas von „eigentlich schon zu spät" und „jetzt zu dunkel" murmelt, wendet sie den Trick an, von dem sie weiß, dass er dabei nachgeben würde. Tränen konnte er noch nie widerstehen. Sie setzt sich auf den Beifahrersitz und beginnt zu schluchzen. Wie erwartet, gibt er nach.

Ohne einem einzigen Auto zu begegnen, fahren sie die Strecke nochmals ab. Sie parken fast an der gleichen Stelle und Bernd holt die Taschenlampen aus dem Kofferraum. Es nieselt leicht. Doris nimmt den Schirm aus dem Wagen und schlägt vor, bei den Klippen anzufangen.

„Wenn ich ganz rechts beginne und du links, dann lassen wir nichts aus."

Die beiden Lampen tänzeln am Klippenrand aufeinander zu. Plötzlich hört Bernd einen schrillen, sich fast überschlagenden Freudenschrei: "Bernd, ich hab's!" Ihr Ehemann spurtet herbei und verfolgt Doris' ausgestreckten Zeigefinger.

Etwa einen Meter vom Rand entfernt, erkennt er tatsächlich eine glitzernde Kette. Doris bückt sich und versucht das Collier zu greifen. "Bernd, kommst du da dran? Ich bin wohl zu klein!"

"Mein Gott, schon wieder auf die Knie, du kannst meine Hosen morgen zur Reinigung bringen", mault er. Er zieht die Jacke aus, die ihn behindert, und drückt sie Doris in die Hand. Dann bückt er sich und dreht sich halb auf die Seite, um nach dem Schmuckstück zu greifen.

Doris genügt eine einzige Bewegung mit Schirm und Fuß, um ihren Gemahl über den Rand zu stoßen. Keine Gegenwehr, kein Schrei. Das Letzte, was Doris im Schein ihrer Lampe von ihm sieht, sind seine aufblitzenden Brillengläser. Sie wundert sich ein wenig, wie lautlos sich ihr Mann ins Jenseits befördern ließ.

Eine Weile schaut sie noch in die Tiefe, lauscht auf jeden Laut – nichts! Dann nimmt sie die Kamera aus ihrer Tasche, macht einige Aufnahmen vom Lichtermeer der Stadt in der Ferne und wirft den Apparat hinterher. Dieser kullert recht geräuschvoll nach unten, als wolle er sich gegen diese Art von Behandlung wehren.

Mit dem Schirm angelt Doris das Collier behutsam herauf. Kurz überlegt sie, ob sie die Jacke am Klippenrand liegen lassen soll. Aber dann schlingt sie die Ärmel um ihre Hüften und joggt in weniger als einer Dreiviertelstunde nach Hause. Sie ist froh, dass sie mit starkem Rückenwind läuft, denn sonst braucht sie für die Strecke meistens eine gute Stunde.

Als Erstes hört sie den Anrufbeantworter ab. Keine Nachrichten! Das ist schon mal gut! Danach ruft sie Pauline an.

"Hallo meine Liebe, tut mit leid, ich habe mich vertan mit nächstem Freitag. Bernd hat mir gerade gesagt, dass die Einladung am Donnerstag sei. Ich kann also doch spielen. Erzähl doch mal weiter über den neuen Freund von deiner Tochter; wir wurden da von diesem aufdringlichen Typen im Café gestört."

Nach einem längeren Gespräch mit ihrer Busenfreundin legt sie auf, reinigt das Schmuckstück und schließt es in ihrer Schmuckschatulle ein. An dieses Telefonat wird sich

Pauline bestimmt erinnern. Auch an die Zeit, die sie im Gespräch erwähnt hatte. Das war wichtig für das Alibi.

Vor dem großen Spiegel in der Garderobe sucht sie in ihrem Gesicht nach Spuren eines schlechten Gewissens. Es sind keine vorhanden.

Doris reckt sich, dreht sich nach links und nach rechts. Sie ist jetzt zweiundvierzig, und dafür kann sie sich sehen lassen! Sie mustert ihr Spiegelbild mit Genugtuung und macht eine theatralische Verbeugung:

"Liebes Leben, pass auf, es geht weiter. Ich bin frei, ich bin reich. Jetzt kann ich endlich machen, was ich will!"

KAPITEL 2

Nach einem erholsamen Schlaf macht sie Frühstück und deckt wie immer für zwei Personen. Sie öffnet das Fenster und lässt den frischen herbstlichen Duft herein. Dann legt sie eine CD auf und tanzt durch das sonnenhelle Haus auf einen fröhlichen Walzer von Johann Strauss.

Kurz nach zehn klingelt es, zwei Personen stehen vor der Tür. Sie stellen sich als Polizeibeamte vor: Kommissarin Koch und ihr Assistent, Kommissar Solm.

"Sind Sie Frau Heller?"

"Ja, das bin ich, was kann ich für Sie tun?" Sie wirkt ruhig und gelassen.

"Frau Heller, wir haben eine schlimme Nachricht für Sie. Ihr Ehemann hatte einen Unfall; wir konnten ihn anhand seiner Papiere identifizieren. Ein Fischer, der heute Morgen ganz in der Frühe mit seinem Boot zurückkam, hat wohl ein Auto bemerkt und eine Person unten an der Klippe liegen gesehen. Er hat uns informiert. Die Kollegen vom Wasserschutz haben den Verletzten geholt, und er wurde sofort ins Krankenhaus gebracht."

"Oh Gott, das darf doch nicht wahr sein. Ist es schlimm?"

"Ja, Frau Heller, er ist wohl heruntergestürzt und war sehr schwer verletzt. Er ist vor einer guten Stunde im Krankenhaus verstorben; mein Beileid."

Doris atmet einige Male tief durch. Nur jetzt keinen Fehler machen.

Sie setzt sich behutsam hin, reißt die Augen auf und stammelt: „Nein – nein – das kann nicht sein; er ist doch oben in seinem Schlafzimmer."

Ansatzlos springt sie wieder auf, läuft zum Treppenhaus

und schreit schrill: „Bernd – Bernd!"

Als sie keine Antwort bekommt, sinkt sie auf die untere Treppenstufe nieder, schlägt die Hände vors Gesicht und stößt einige trockene Schluchzer aus. Theatralisch murmelt sie immer wieder vor sich hin: „Nein – nein, das kann nicht sein, das ist nicht möglich." Dann steht sie auf und wendet sich an die Beamten.

„Waren Sie bei ihm? Hat er noch etwas gesagt?"

"Nein, beim Abholen durch den Notarzt war er wohl bewusstlos; ob er im Krankenhaus noch zu sich gekommen ist, weiß ich nicht. Das müssten Sie beim diensthabenden Arzt erfragen."

"Es war wohl wieder sein Herz. Er wollte gestern Abend nach dem Essen noch einmal weg. Wohl Nachtaufnahmen machen. Er ist dann auch gefahren. Warum wollte er bloß wieder auf die Klippen?"

"Haben Sie ihn noch nicht vermisst?"

"Ach, wissen Sie Herr Kommissar, wir haben getrennte Schlafzimmer, und er ist … er war … ein Nachtmensch. Vor zehn kam er selten runter, um mit mir zusammen zu frühstücken."

"Gut, wir fahren jetzt zurück in die Stadt. Sind Sie in der Lage, am Nachmittag so gegen halb vier bei uns vorbeizuschauen, damit wir die notwendigen Papiere ausfüllen können?"

Frau Heller nickt wie abwesend und begleitet die Polizisten zur Tür.

Bei der Rückfahrt ist sich Frau Koch ziemlich sicher: "Scheint mir eine klare Sache zu sein, was meinen Sie Herr Solm?"

"Ich weiß nicht so recht, so richtig habe ich ihr die trauernde Witwe nicht abgenommen, und warum war es so wichtig, ob er noch etwas gesagt hat?"

"Das hätte ich auch wissen wollen. Das ist eine normale

Frage!"

"Frau Koch, wäre es Ihnen recht, wenn ich den Fall übernehme; ich habe mich gut ausgeruht im Urlaub und momentan nichts Wichtiges am Laufen."

"Mein lieber Kollege, das ist noch lange kein Fall, eher ein Unfall, so wie ich das sehe. Aber wenn's Ihnen Spaß macht, können Sie sich gerne, aber sehr behutsam, umhören."

"Geht klar! Wenn Sie mich bei der Dienststelle absetzen, fahre ich mit dem Kollegen Nemic zur Unfallstelle, denn die Wasserschutzkollegen waren mit ihrem Boot nur unten bei den Klippen. Und gegen Mittag gehe ich zur Klinik und spreche mit den Ärzten."

"In Ordnung, aber sorgen Sie dafür, dass Sie rechtzeitig wieder im Hause sind, wenn Frau Heller kommt."

Mit Jan Nemic von der Spurensicherung fährt Martin Solm zu den Klippen. Er veranlasst, das Gelände weiträumig abzusperren. Der Kollege, der die beiden erwartat, weist sie kurz ein. Hellers Auto ist offen, der Zündschlüssel steckt. Mit Ausnahme einer Decke, einem Schirm und einiger Autopapiere im Handschuhfach ist der Wagen leer.

Nemic findet an Hand von kleinen Stoffresten die Stelle recht schnell, wo Heller offensichtlich heruntergestürzt ist. Er seilt sich ab und ist relativ schnell wieder oben.

"Ja, da gibt's keinen Zweifel; man kann mit den bloßen Augen sehen, wie der arme Kerl gefallen ist. Überall Hautfetzen und Blut, sie zeichnen genau den Weg, wie er herunter gekullert ist. Nur ganz unten gibt's keine Spuren mehr; der Sturm hat heute Nacht den Sand wie Puderzucker über die Felsen gestreut. Soll ich Proben fürs Labor mitnehmen?"

"Ja, mach das, Jan. Kannst du dir bitte die Wagenspuren auch mal ansehen?"

„Klar, für dich doch immer, Martin." Auf der Rückfahrt sagt Nemic: "Die Proben sind alle im Kasten. Die Autospuren scheinen recht eindeutig, es gibt zwar eine ganze Menge davon, aber ich glaube, die sind alle von einem Auto; es hat wohl an mehreren Stellen geparkt."

Später bei der Einfahrt zum Parkplatz der Klinik muss Solm einige Runden drehen, bevor er einen Platz findet.

Eine blonde Frau in einem schwarzen Mercedes-Cabrio fährt vor ihm und sucht offensichtlich auch eine Parklücke. Obwohl tatsächlich ein Platz frei wird, gibt sie unerwartet Vollgas und verlässt das Gelände. Solm wundert sich, freut sich aber über den freien Platz und betritt das Krankenhaus.

Er hat Glück. Sowohl der Notarzt als auch die Pflegerin, die Herrn Heller in seinen letzten Stunden betreut haben, sind im Hause. Sie bezeugen beide, dass Herr Heller das Bewusstsein nicht mehr wiedererlangt hat, bevor er verstorben ist.

Solm verlässt die Klinik, ruft seine Frau Martina an, dass er über Mittag kurz nach Hause kommen werde. Sie freut sich und verspricht, innerhalb von 20 Minuten etwas auf dem Tisch zu haben.

Der Kommissar, zu Hause angekommen, erzählt Martina, was am Morgen vorgefallen ist. Sie hört ihm aufmerksam zu, und ihre erste Frage wundert ihn nicht, denn als ambitionierte Amateur-Fotografin bezieht diese sich auf Hellers Hobby.

"Was hat er bloß da draußen abends fotografiert? Da gibt's doch nichts im Dunkeln zu sehen; höchstens Aufnahmen von der Bucht und der Stadt. Hat man die Kamera gefunden?"

Solm meint, dass alle Sachen von Heller wohl aufs Präsidium gebracht wurden; er könne heute Abend mehr berichten.

Als er kurz vor zwei Uhr vor dem Amt parkt, steht ein schwarzes Cabrio mit dem bekannten Stuttgarter Stern neben ihm.

"Na", brummelt er, "so was werde ich mir mit meiner Besoldungsklasse wohl nie leisten können." Er geht ins Präsidium und grüßt mürrisch seine Kollegin, Frau Kaiser, am Empfang.

Sie teilt ihm mit, dass Frau Heller schon eingetroffen sei und man den Papierkram jetzt erledigen könne.

Doris Heller ist dezent angezogen und hat offensichtlich kein Make-up aufgelegt.

"Bitte, nehmen Sie Platz Frau Heller. Darf ich Ihnen einen Kaffee anbieten?"

"Gerne Herr, eh… Herr Kommissar … Herr Solm … wie soll ich Sie nennen?"

"Solm ist schon in Ordnung."

Für sein jugendliches Alter setzt er sich ein wenig schwerfällig hin. Sie schaut ihn an. Er hat zwar freundliche Augen, aber einen sehr energischen Mund.

Auch er betrachtet das blasse Gesicht mit den hohen Wangenknochen auf der anderen Seite des Tisches genau; es ist herb und attraktiv zugleich.

"Frau Heller, ich habe erfahren, dass Sie mit meinen Kollegen in der Gerichtsmedizin waren und Ihren Mann identifiziert haben. Ich kann mir gut vorstellen, dass meine Fragen Ihnen momentan nicht angenehm sind, aber wir müssen die Formalitäten leider erledigen.

Können Sie mir berichten, wie die letzten 24 Stunden abgelaufen sind? Wenn's Ihnen recht ist, nehme ich alles auf Band auf."

Doris berichtet von ihrem Tag. Fast eine Kopie des Tages an dem sie beschloss ihren Mann umzubringen. Wieder spielte sie frühmorgens Tennis und besuchte anschließend das schöne Aquarium. Nur dieses Mal fraßen die Fische ihre Artgenossen nicht auf.

Sie erzählt von der nachmittäglichen Fahrt in die Dünen, vom Joggen und von den Fotos, die Bernd in der Zwischenzeit gemacht hat. Und sie schildert, wie ihr Mann nach dem Essen nochmals weg wollte, um irgendwelche Nachtaufnahmen zu schießen.

Dann hält sie inne …

"Ich kann's immer noch nicht fassen, ich dachte, er schläft länger, und dann …so was Schreckliches!"

Sie schluchzt kurz auf und wischt sich über die Augen. Solm hört konzentriert zu und kritzelt mit einem Stift eine ganze Reihe von Männchen auf seinen Notizblock.

"Sie sind also nach dem Ausflug zusammen nach Hause gefahren?"

"Ja, das sind wir."

"Haben Sie auf dem Weg nach Hause oder in der Stadt noch Leute getroffen?"

"Nein, … ja … doch, wir …das heißt, mein Mann, er hat fürs Abendbrot Butter gekauft."

"Wissen Sie, wo er diese Besorgung gemacht hat?"

"Ja, er war bei dem kleinen Laden; das ist gerade um die Ecke bei uns."

„Hat Ihr Mann Alkohol getrunken, bevor er losfuhr?"

"Nein, Herr Kommissar, da bin ich mir sicher, er trinkt… trank relativ selten; und beim Fahren war er immer konsequent."

„Haben Sie eine Idee, wie der Unfall passieren konnte?"

„Na ja, er war manchmal ziemlich ungeschickt. Wenn er, wie gestern Nachmittag, einfach über die Balustrade steigt, um Bilder zu machen, kann so was schon passieren. Dieses Mäuerchen ist allerdings auch viel zu niedrig, hat doch höchstens Sitzhöhe."

"Haben Sie mehrere Autos?"

"Ja, mein Auto war übers Wochenende in der Werkstatt, ich habe es gerade abgeholt."

"Und wo waren Sie am Abend, während Ihr Mann zum Fotografieren war?"

"Ich war zu Hause, ich habe gelesen und mir einen Spielfilm angesehen."

"Hatten Sie Besuch, oder haben Sie mit Freunden Kontakt gehabt?"

"Nein, aber ich habe abends ein paar Mal mit meiner Freundin Pauline telefoniert."

„Können Sie mir ihre Adresse geben?"

"Ja, selbstverständlich, aber was soll das überhaupt?"

"Frau Heller, die Fragen sind selbstverständlich nicht gegen Sie gerichtet, es sind formale Routinefragen, die wir in solchen Fällen stellen müssen."

"Heißt das, dass Sie jetzt alles überprüfen und feststellen müssen, welche Butter gekauft wurde?"

"Aber nein, Sie haben mir schon weitergeholfen. Wenn mir noch etwas einfällt, rufe ich Sie an. Nur noch eine Frage: Wie war das Verhältnis zu Ihrem Mann?"

"Tja, Herr Kommissar, die Zeit der großen Liebe war vielleicht vorbei, aber wir haben uns respektiert und konnten ganz gut miteinander."

Nachdem sie sich verabschiedet haben, schenkt Solm sich einen Kaffee ein.

Gedankenlos steht er mit dem Becher in der Hand vor dem Fenster und schaut hinaus. Frau Heller überquert energisch den Innenplatz und steigt in das schwarze Cabrio, das neben seinem Auto geparkt ist.

"Na, da brat mir doch einer einen Storch; wenn sie das vorhin beim Krankenhaus nicht auch war?"

KAPITEL 3

"Name des Patienten?", fragt der leicht schielende junge Mann am Empfang des städtischen Krankenhauses.

Doris stellt sich vor. "Mein Mann ist hier verstorben, ich möchte mit den Angestellten sprechen, die in seiner letzten Stunde bei ihm waren."

"Wenn Sie sich im Schwesternzimmer im ersten Stock in der Unfallchirurgie melden, kann man Ihnen bestimmt weiterhelfen."

Die Stationsschwester weiß sofort Bescheid. "Mein Beileid, Frau Heller; Frau Hong und Frau Stefanucka hatten gestern Dienst. Nur Frau Hong ist heute da, soll ich sie rufen lassen?"

"Das wäre nett, ich danke Ihnen; kann ich mich irgendwo in Ruhe mit ihr unterhalten?"

"Am besten gehen Sie in die Cafeteria, da hat man immer ein Eckchen, wo man sich zurückziehen kann."

Eine Viertelstunde später sitzt sie mit der Schwester bei einer Tasse Kaffee in dem nur spärlich besuchten Krankenhauscafé.

Obwohl Frau Hong mit einem starken fernöstlichen Akzent spricht, kann sie sich gut artikulieren. Ja, sie sei die ganze Zeit bei dem Verunglückten gewesen. Man habe auf eine Operation verzichtet, da klar zu erkennen war, dass das leider nichts mehr bringen würde. Er sei ungefähr eine Stunde nach der Einlieferung gestorben. Nein, er sei nicht wieder zu Bewusstsein gekommen.

Doris Heller erkundigt sich noch nach den Helfern, die ihn bei den Klippen abgeholt haben. "Ich meine, dass das Leute von der Wasserschutzpolizei waren, unsere Notärzte waren im Einsatz."

Die Witwe bedankt sich bei der zierlichen Asiatin, verlässt das Krankenhaus und fährt zum kleinen Hafen.

In dem frisch gestrichenen Häuschen der Küstenwache erfährt sie von einem weißhaarigen Herrn mit einer urtümlichen Mütze auf dem Kopf, dass das Rettungsboot gerade eine kleine Inspektionsfahrt macht. Die beiden Männer, die ihren Mann ins Krankenhaus gebracht haben, seien auf dem Boot.

"Sie werden bald da sein, denn um fünf habe ich Feierabend, und das wissen die beiden genau."

Sie lehnt sich an die Kaimauer und ist so in Gedanken versunken, dass sie die beiden uniformierten Seeleute erst bemerkt, nachdem sie vor ihr stehen.

Der Ältere mit den meisten Streifen am Ärmel spricht sie an: "Sind Sie Frau Heller? Haben Sie uns gesucht?"

"Ja, wenn Sie die Herren sind, die meinen Mann heute Morgen gefunden haben."

"Nun, gefunden haben wir ihn nicht, das war der Eugen, ein Fischer, der ihn auf dem Rückweg zum Hafen wohl entdeckt hat.

Der Eugen konnte da nicht ankern und hat uns angefunkt. Wir waren schnell da. Inzwischen haben wir vom Krankenhaus gehört, dass es zu spät war. Es tut uns sehr leid!"

"Haben Sie noch mit ihm sprechen können?"

"Leider nein, er war die ganze Zeit bewusstlos; es ist uns sowieso ein Rätsel, dass er den Sturz überlebt hat. Wann ist es passiert?"

"Gestern Abend", erwidert Doris Heller, "er war zum Fotografieren zu den Klippen gefahren."

"Es ist schlimm so' n Unglücksfall. Wenn wir Ihnen noch irgendwie behilflich sein können? Hier ist meine Adresse." Er drückt Doris eine mit einer hübschen Viermastergrafik geschmückte Visitenkarte in die Hand. Sie dankt ihm und fährt nach Hause. Dann kocht sie sich in aller Ruhe ein Menü mit drei Gängen. Dieses Mal deckt sie nicht für zwei!

Am nächsten Vormittag ruft Solm Doris' beste Freundin, Pauline Reiter, an und bittet sie um einen Termin.
"Wenn Sie mögen, Herr Kommissar, dann kommen Sie doch jetzt rüber, denn heute Abend fahre ich zu meiner Schwester und komme erst am Sonntag wieder."
Nicht mal eine Stunde später sitzt er der schlanken brünetten Frau im Wohnzimmer einer alten, reetgedeckten und schön renovierten Bauernkate gegenüber. Die vielen auffallenden Designermöbel scheinen nicht zum Haus zu passen. Solm beschränkt sich deshalb bei seinem Kompliment nur auf die Optik des Hauses.
Nach einem kurzen Vorgeplänkel geht er in medias res: "Frau Reiter, wir müssen alle Angaben, die in solchen Fällen gemacht werden, überprüfen, und ich hätte gerne von Ihnen gewusst, inwieweit Sie am Montag mit Frau Heller zusammen waren und was Sie gemacht haben."
"Das ist schnell erklärt, Herr Kommissar, wir haben von 9 bis 10 Uhr Tennis gespielt und danach noch einen Kaffee in der Stadt getrunken. Wir wollten eigentlich noch einen Schluck trinken, aber da hat uns so'n Schönling angemacht, und wir haben verzichtet. Doris wollte danach noch ins neue Aquarium, und wir sind getrennte Wege gegangen."
„Wieso gerade ins Aquarium?"
„Das weiß ich auch nicht. Sie macht manchmal ausgefallene Sachen. Ich käme gar nicht auf eine solche Idee."
"Sie haben dann noch mit ihr telefoniert?"
"Ja, ein paar Mal abends. Im Café kamen wir ja nicht richtig zum Erzählen."
"Wann war denn das am Abend?"

„So genau weiß ich das nicht mehr, so um acht herum hat sie angerufen und dann haben wir später am Abend bestimmt noch mal eine Stunde telefoniert."

"Wie war denn Ihr Verhältnis zum Ehemann?"

"Also, wir konnten wenig mit ihm anfangen, ein spröder, ziemlich ungeselliger Typ, wir haben die beiden auch ein paar Mal eingeladen, aber mein Mann und ich hatten keinen Draht zu ihm, wenn Sie verstehen. Allerdings, wie sagt man das so schön: Über die Toten nichts als Gutes."

"Hat Frau Heller sich Ihnen gegenüber diesbezüglich auch geäußert?"

"Nun, alles was ich weiß, ist, dass er reich und geizig war. Und er hat viel fotografiert. Das muss er gut gekonnt haben, denn er hat wohl auch Ausstellungen gemacht. Sonst hat sie nicht viel über ihn gesprochen."

Solm bedankt sich und fährt nach Hause. Am nächsten Tag sieht er sich die Unterlagen, die aus der Gerichtsmedizin gekommen waren, genau an.

Entgegen einer vagen Vermutung, die ihn veranlasst hatte, der Sache nachzugehen, gab es bei der Leichenschau keine Anzeichen für Gewalteinwirkung; sämtliche Verletzungen waren mit an Sicherheit grenzender Wahrscheinlichkeit auf den Sturz zurückzuführen.

In dem Bericht wurde das Abendessen auf Grund der Verdauungsrückstände zwischen 18 und 20 Uhr festgelegt. Herr Heller hatte keinen Alkohol zu sich genommen.

Die Unterlagen der Telefongesellschaft über Hellers Anschluss lagen zwischenzeitlich vor. Sie zeigten am besagten Abend ein kurzes Gespräch um 20.06 Uhr und ein Gespräch von einer knappen Dreiviertelstunde, das um 21.18 Uhr registriert wurde.

Die Auto-Reparaturwerkstatt bestätigt, dass Frau Heller ihren Wagen am besagten Termin abgeholt hat.

Auch Nemics Bericht, der schon am Nachmittag vorlag,

war eindeutig: Die frischen Reifenspuren waren von dem Auto, das am Klippenrand herrenlos aufgefunden wurde. Alles deckte sich mit den Angaben der Witwe.

Solm hatte sich im Laufe des Nachmittags nochmals mit seiner Chefin zusammengesetzt.

"Ich glaube, Sie haben wahrscheinlich recht. Ich habe zwar immer noch das Gefühl, dass die Trauer mehr gespielt als echt ist, aber es sieht doch alles nach einem Unfall aus."

"Gut", erwidert Frau Koch, „die Akte kann zur Staatsanwaltschaft, damit die Leiche freigegeben werden kann. Die persönlichen Sachen des Verstorbenen können der Witwe zugestellt werden."

Der Kriminalist verabschiedet sich von seiner Vorgesetzten und zieht die Tür hinter sich zu, um sie zwei Sekunden später wieder aufzumachen.

"Sind die Sachen vom Heller noch bei der Technik?"

"Müssten noch da sein", erwidert Frau Koch. "Warum fragen Sie?"

"Oh, ich will sie mir nur mal ansehen", erwidert er.

Der diensttuende Beamte holt einen Beutel aus dem Schrank und breitet die Sachen vor ihm aus: die Brieftasche mit etwa vierhundert Euro, Scheckkarten, ein frisches Taschentuch, Schlüsselbund, eine halbe Rolle Pfefferminz, eine verbogene Brille mit nur einem Glas und eine stark demolierte Kamera.

"Ich nehme alles mal mit", murmelt Solm und unterschreibt das Formular.

Im Büro legt er die Gegenstände auf den Tisch und betrachtet sie genau.

Eigentlich nur ganz normale Sachen, nichts Außergewöhnliches. Was hatte seine Frau gesagt: "Hat man die Kamera gefunden?"

Warum will sie das überhaupt wissen? Er darf sie nicht mit nach Hause nehmen. Was will Martina mit dem Schrott anfangen?

Er ruft seine Frau an: "Was wolltest du eigentlich mit der Kamera von dem verunglückten Mann?"

"Einfach nur wissen, was er fotografiert hat. Ist es eine digitale Kamera?"

„Ja, ich glaube schon."

"Schau doch mal, ob es eine Speicherkarte gibt, und lade die Bilder auf deinen PC."

Solm versucht das abgebrochene Fach zu öffnen, kommt aber nicht weiter.

Er greift wieder zum Telefon und ruft Nemic an.

"Jan, ich habe hier eine Kamera, die nicht aufgeht; kannst du mal kurz rüberkommen?"

Minuten später nimmt Nemic die Canon fachmännisch in die Hand.

"Mensch, die ist wirklich im Eimer, ein Sprung in der Optik, alles verbogen und das ganze Gehäuse verdellt, sogar der Druckknopf im Gehäuse ist abgebrochen."

Mit der Spitze eines einfachen Messers kriegt er das Fach tatsächlich auf. Die Karte lässt sich erstaunlicherweise leicht herausnehmen.

"Ist doch echte Qualität, so eine Profikamera. Da haben wir sie; die hat es wenigstens überlebt. Jetzt übertrage ich die Bilder in den PC und dann kannst du sehen, was der Herr Fotograf alles festgehalten hat."

Solm ist das erste Mal in der Woche relativ pünktlich zu Hause. Martina kommt gerade vom Einkaufen, und während sie eine Quiche vorbereitet, opfert er sich, seine Lieblingsnachspeise, Rote Grütze mit Vanillepudding zu machen. Das Ergebnis ihrer dualen Kochkünste mundet den beiden sehr, und nach dem Essen setzen sie sich mit einem

Glas Wein an den Couchtisch.

"Ich habe übrigens die Bilder von Herrn Heller auf dem PC."

"Schön, zeig doch mal her! Wo war die Kamera?"

"Lag wohl unten an den Felsen, die Wasserschutzpolizei hat sie bei der Bergung des Mannes mitgebracht."

"Was haben die sonst noch bei ihm gefunden?" Martin benennt die Gegenstände, die er im Amt begutachtet hat.

"Dann schauen wir doch mal, was dein Kunde alles festgehalten hat."

"Martina, du weißt doch, ich habe Fälle und keine Kunden."

"Ja, ja, ist schon gut, dein Fall also!"

Sie setzen sich beide vor den Laptop. Es sind 21 Aufnahmen vorhanden. Sie schauen sich sämtliche Fotos an. 19 Stück wurden bei Tageslicht zwischen 16.08 Uhr und 17.52 Uhr gemacht und zeigen ausnahmslos Motive von den Klippen, von den Felsen, vom Küstenstreifen und von der Stadt.

"Die Bilder der Stadt sind mit einem Tele-Objektiv gemacht worden", kommentiert Martina. „Ich weiß, wie weit man da weg ist; mit einem normalen Standard-Objektiv würdest du kaum etwas erkennen. Und dieses Bild von den Klippen mit einem Weitwinkel; schau mal, was alles drauf ist. Und die Wolkenformation über dem großen Fels ist super getroffen. Der Mann hatte schon einen guten Blick, das muss man ihm lassen."

Die beiden letzten Aufnahmen wurden am gleichen Tag um 20.28 Uhr produziert. "Komisch, schau mal, die sind komplett verwackelt."

"Das sind wohl Lichter in der Ferne", meint ihr Ehemann. "Vielleicht sind sie unscharf, weil er dabei runtergefallen ist."

"Weiß nicht, Martin, dann wäre höchstens ein Bild verwackelt."

"Da hast du auch wieder Recht. Nun, vielleicht hat er etwas falsch eingestellt?"

"Das kann sein, wenn's dunkel ist, kann ich mit meiner kleinen Kamera auch nicht genau sehen, ob die Bilder scharf sind."

"Tja, scheint wirklich ein Unfall gewesen zu sein. Komm, ziehen wir uns an, wir wollten doch ins Kino."

Eng umschlungen laufen sie am Kanal entlang und freuen sich auf die französische Komödie.

Karin Koch verlässt zu dieser Zeit das kleine italienische Restaurant, wo sie bestimmt ein halbes Dutzend Mal im Monat zu Abend isst, und setzt sich ins Auto.

Früher hat's schon mal Häme gegeben, wenn sie mit ihrem alten Jaguar aufs Amt kam, aber die Kollegen hatten sich daran gewöhnt, und der Chef hat ihr diplomatisch zu verstehen gegeben, dass sie für ihre Arbeit lieber einen Dienstwagen nehmen sollte.

Kommissarin Koch ist 52 Jahre alt. Sie war verheiratet. Sehr gut sogar. Ihr Mann war Wissenschaftler beim hiesigen Kernforschungsinstitut. Er starb vor etwa fünf Jahren an Krebs. Der Tod ihres Mannes hat ihre persönliche Tatkraft lange gelähmt. Sie spielte mit dem Gedanken zu kündigen.

Da der Bekanntenkreis der Eheleute sich nicht unbedingt deckte mit dem ihrer Kollegen, hat sie in ihrer Freizeit selten soziale Kontakte mit den Beamten gehabt, und das Verhältnis mit den meisten Kollegen war unterkühlt. Auf einer Weihnachtsfeier nannte sie jemand "die beamtete Aristokratin", da sie mit ihrem Mann häufig zu wichtigen Ereignissen in der Stadt eingeladen wurde.

Danach hat sie keine Feier mit den Kollegen mehr mitgemacht. Auch nachdem sie allein war, änderte sich das nicht.

„Ich habe das Recht, so zu leben, wie ich will, und keiner im Büro braucht zu wissen, was ich in meiner Freizeit treibe oder mit wem ich verkehre. Ich hätte aufhören können zu arbeiten, denn mit der Firmenpension meines Mannes und seiner Lebensversicherung brauche ich das Geld nicht."

Aber, um zu vergessen, hat sie sich doch an ihre Arbeit geklammert, und jedes Mal, wenn sie sich mit einer Straftat beschäftigte, spürte sie das Adrenalin in ihren Adern, und sie wusste, dass es richtig war zu bleiben.

Zu Hause angekommen, zieht sie einen blauen Hausanzug an. Im großen Spiegel im Badezimmer schaut sie genau hin. Sie ist überhaupt nicht zufrieden als sie feststellt, dass sich das Alter nun schon deutlich um ihre Augen herum entfaltet.

KAPITEL 4

Nachdem er erfahren hat, dass die Beerdigung am Freitag sein würde und auch sein oberster Boss hinging, bittet Martin Solm seine Frau, den schwarzen Anzug aufzubügeln. Er würde sich da wenigstens mal sehen lassen.

Am Vorabend, als Martina den Anzug raushängte, sagte sie: "Ich habe mein kleines Schwarzes auch aus dem Schrank genommen; ich möchte mir diese Frau mal ansehen und gehe mit, wenn's dir recht ist".

Die beiden setzen sich in die hinterste Reihe der Kapelle. Nur ein Kreuz hängt an der kargen, weißen Wand. So bleich und verloren, wie sie da steht, passt die Witwe optisch zur Wand. Sie friert; der kleine Raum wird nicht beheizt. Auch dem Organisten merkt man an, dass ihm kalt ist; er spielt erbärmlich und viel zu schnell.

Obwohl der Tote kaum Freunde hatte, sind immerhin etwa fünfzig Leute gekommen. Der Bürgermeister, der Polizeipräsident, Vertreter von Banken und Wirtschaft, einige Tennisfreunde von Doris, sowie zwei entfernte Verwandte des Toten.

Später, als die kleine Gruppe vor dem Grab steht, wirkt die Witwe wie abwesend. Erst bei den Worten "Erde zu Erde" vom Prediger schreckt sie auf. Sie reißt sich zusammen, als der Gottesmann über „die Kraft des Loslassens" referiert.

Sie wirft eine Rose auf den Sarg, schüttelt viele Hände und bedankt sich fürs Kommen.

Während Solm zum Auto geht, um eine Konfrontation auf dem Friedhof zu vermeiden, bleibt Martina am Grab. Sie beobachtet Doris. Was denkt diese Frau wohl bei den aufmunternden Worten des Geistlichen, welche die Gewissheit auf das ewige Leben unterstreichen? Welche Perspektive haben wir? Am Ende wartet ein feuchtes, kaltes Loch!

Schließlich bekommt die Trauergemeinde mit wenigen, hektischen Bewegungen vom Kirchenmann den Segen, dann ist die Zeremonie vorbei.

Doris hat um Verständnis gebeten, dass nach der Beerdigung nichts geplant ist. Sie möchte keine Leute um sich haben und schon gar nicht zu einem Kaffeeschmaus einladen. Sie verabschiedet sich mit einer dünnen Stimme und fährt davon.

Martina setzt sich zu ihrem Mann ins Auto: "Eins sag ich dir Martin, diese Frau ist eiskalt."

"Wie meinst du das, kann man so etwas sehen?"

„Ja …nein ..., natürlich nicht, das ist eben die berühmte weibliche Intuition."

"Tja, meine Liebe, das nützt uns leider nichts. Wir haben alles gecheckt. Die Frau ist sauber, und wir werden den Fall zu den Akten legen müssen."

"Schon gut", erwidert Martina, „ist ja auch dein Job."

Doris fährt aufs Geratewohl durch die Landschaft. Sie muss weg, weit weg von dem tristen Friedhof. Sie sucht sich fetzige Musik im Radio, drückt ihren Rücken fest in den Autositz und fährt entspannt in ihr neues Leben.

Nach mehreren Stunden wahlloser Fahrt registriert sie in einer Kurve der Straße ein Reklameschild für ein Fünf-Sterne-Hotel. "Massagen, Bäder, Beauty und Fitness, internationale Küche, direkt am Meer".

"Das ist meins", sagt sie sich und biegt kurz darauf in die großzügige Einfahrt ein.

"Was ist Ihre beste Suite?", wendet sie sich an die Dame an der Rezeption.

"Da haben Sie Glück, gnädige Frau, die Kaisersuite ist bis Montag frei."

Nach dem Einchecken lässt sie sich eine Flasche Dom Pérignon aufs Zimmer bringen und streckt sich längs auf dem Bett aus. Auf dem Nachttisch liegt der Hotelkatalog und vergnügt stellt sie dabei fest, dass die Suite mehr kostet, als ihr in der Woche an Haushaltsgeld zugestanden hätte. Bevor Doris in einen traumlosen Schlaf fällt, denkt sie noch: „Ich müsste mal zur Bank, damit ich weiß, wo' s langgeht."

Martin und Martina gehen am Montag gleichzeitig aus dem Haus. Beim Frühstück hat Martin seiner Frau erzählt, dass der Fall Heller für ihn erledigt sei und er dies auch seiner Chefin entsprechend vermittelt habe.

Martina muss noch einkaufen und zur Bank, bevor sie ins Büro geht. Nach einigen Jahren in Teilzeit möchte sie gerne Vollzeit arbeiten. Aber die Auftragslage der kleinen Werbeagentur ist leider nicht so, dass man sie ganztägig einstellen kann. Bei eiligen Aufträgen und größeren Projekten macht sie allerdings schon häufig Überstunden, so dass sich der Job, den sie übrigens sehr gerne mag, unter dem Strich auch lohnt.

Mit zwei vollen Tüten läuft sie zurück zu ihrem kleinen Fiat. Sie lädt alles in den Kofferraum, kämmt sich die Haare, nimmt den Umschlag für die Bank und schließt das Auto ab. Beim Betreten der Filiale stellt sie fest, dass sie überpünktlich ist.

Ein junger Mann, der vom Alter her noch Lehrling sein könnte, grüßt sie freundlich. "Womit kann ich Ihnen helfen?"

Martina erklärt ihm, dass sie einen Termin mit dem Direktor habe. "Der Chef ist noch in einer Besprechung. Sie können gerne im Vorzimmer Platz nehmen. Ich zeige

Ihnen, wo es ist."

Martina schaut sich im geschmackvollen Raum um.

Gar nicht so steril, wie ich mir das vorgestellt habe, denkt sie. Es hängen zwei Radierungen vom Hafen links und rechts neben der Tür. An einer Wand prangt ein großes handsigniertes Litho von Hundertwasser neben einem schönen Druck, der einen Asiaten zeigt. Das Bild kommt ihr bekannt vor, aber das kleine Schild mit dem Namen des Künstlers "Andrej Warhola" sagt ihr nichts.

Sie setzt sich in einen der schwarzen Ledersessel, springt aber gleich wieder auf, denn das Bild, das die gegenüberliegende Wand einnimmt, vermittelt ihr ein überraschendes Déjà-vu Erlebnis.

Das schwarz-weiße Foto zeigt ein künstlerisch sehr gelungenes Bild von den Klippen. Es ist offensichtlich kurz vor einem Gewitter aufgenommen und zeigt die Felsen vor einem fast schwarzen Hintergrund. Links ins Bild kommt ein kleiner Schwarm von Möwen angeflogen, während rechts ein Bündel von restlichen Sonnenstrahlen auf die Stadt im Hintergrund fällt.

Sie bückt sich ein wenig und liest das kleine Schild unter dem Bild: "Bernd Heller".

Schwungvoll öffnet der Direktor der Bank, Herr Burke, die Tür.

"Guten Tag Frau Solm. Ich freue mich, Sie zu sehen. Ich habe gute Nachrichten für Sie und Ihren Mann. Der Kreditantrag wurde bewilligt, und das ganze Projekt könnte innerhalb der nächsten Wochen über die Bühne gehen. Haben Sie alle Papiere dabei?"

Martina überreicht ihm die noch fehlenden Gehaltsbescheinigungen sowie die Bürgschaft ihres Vaters. Ohne diese Sicherheiten hätten sie sich dieses hübsche kleine Appartement mit Blick aufs Meer wahrscheinlich nie leisten können.

"Herzlichen Dank, Herr Burke, wir freuen uns riesig, dass alles klappt. Sie halten uns auf dem Laufenden und sagen Bescheid, sobald alles klar ist?"

"Aber selbstverständlich, Frau Solm. Sie hören noch am gleichen Tag von uns!"

Martina verabschiedet sich und wirft noch einen kurzen Blick auf die Bilder im Raum. Burke folgt ihrem Blick.

"Der Chinese ist von Andy Warhol; er hat seinen tschechischen Namen in Amerika geändert. Und das große Bild ist von Bernd Heller. Das ist der Mann, der letzte Woche von den Klippen gestürzt ist. Ein gutes Bild, nicht wahr? Haben Sie ihn gekannt?"

"Nein, nicht persönlich", erwidert Martina wahrheitsgemäß. "Kannten Sie ihn?"

"Ja, er war Kunde bei uns. Allerdings hatte ich selten mit ihm zu tun, da die Buchhaltung im Unternehmen alles mit uns regelte. Ich habe ihn erst kennengelernt, als er vor einiger Zeit in der Bank seine Bilder ausgestellt hat. Und das war nicht mal meine Idee, sondern die von meinem Sohn Ullrich. Und ich muss Ihnen sagen, der Mann konnte fotografieren. Deshalb haben wir auch zwei Bilder von ihm gekauft. Dieses hier und noch ein anderes, das hängt in Ullis Zimmer. Es war gar nicht so einfach, denn er wollte gar nicht verkaufen."

„Kannte Ihr Sohn Herrn Heller gut?"

"Auf jeden Fall besser als ich; mein Sohn fotografiert auch recht ordentlich. In meinem Büro hängen zwei Bilder, die er gemacht hat. Die beiden sind sich im Fotoclub begegnet."

Am selben Abend schaut Martina noch im Internet nach. Die Fotofreunde des Clubs treffen sich jeden zweiten Freitag im Monat im Vereinslokal. Sie notiert sich die Termine.

KAPITEL 5

Zwei Wochen später macht die Witwe ihre Aufwartung bei der Bank. Dieses Mal kommt sie im grauen Deux-pièce und trägt eine gelbe Bluse. Burke hatte sie schon bei einigen Gelegenheiten getroffen und dabei gedanklich in die Ecke der Damen platziert, über die Blondinenwitze gemacht werden.

Der Direktor begrüßt sie persönlich, denn letztendlich gehört das Unternehmen ihres verstorbenen Mannes nach wie vor zu den besten Kunden der Bank und Doris ist eine willkommene Kundin Nach dem Austausch einiger Höflichkeiten kommt Doris schnell zur Sache:

"Wie sieht die Finanzsituation aus, Herr Burke, was ist auf dem Konto und wie viel ist angelegt?"

Der Banker gibt ihr die verlangten Informationen. Doris ist begeistert. Da Heller sein Geld klug angelegt hatte, ist der Bestand sogar besser als vor zwei Jahren.

Nachdem Burke ihr bestätigt hat, dass ihm die Kopie des Erbscheins zugegangen ist und ihr das Konto zur Verfügung steht, lacht sie den Banker höflich an, bedankt sich überschwänglich und verabschiedet sich.

Burke blickt ihr nachdenklich hinterher, als sie mit wiegenden Hüften den Raum verlässt.

Der Direktor kommt spät nach Hause. Seine Frau empfängt ihn an der Tür. "Stell dir mal vor, der Ulli ist da und isst mit uns zu Abend."

Burke begrüßt seinen Sohn, der es sich mit einem Scotch in der Hand auf der Couch gemütlich gemacht hat. Ulli hat zwar seine eigene Wohnung nahe an der Uni, kommt aber alle paar Monate unangemeldet vorbei. Die

Besuche gelten hauptsächlich seiner Mutter, mit der er häufiger telefoniert und an der er sehr hängt. Mit seinem Vater ist das Verhältnis weniger gut, denn der ist überhaupt nicht zufrieden mit Ullis studentischen Fortschritten.

Der junge Mann sieht sehr gut aus, ist mittlerweile zweiunddreißig und studiert im 22. Semester. Nach dem mit Mühe bestandenen Abitur ließ er sich einige Zeit von einer verheirateten Stadträtin aushalten. Als das Verhältnis dank gütiger Mithilfe der Opposition zum Stadtgespräch wurde, musste die besagte Dame ihren Hut nehmen.

Seinem Vater zuliebe hatte Ulli mit BWL angefangen. Da er das Vordiplom nicht schaffte, stieg er um auf Jura. Nach zwei Jahren stellte er fest, dass auch dieses Studium nicht seinen Wünschen entsprach und fing an, Psychologie zu studieren. Nachdem die monatlichen Schecks vom Vater problemlos weiterflossen, belegte er ein Design-Studium in den USA. Hierbei begeisterte er sich für die Fotografie. Er lernte und kam voran, machte aber keinen Abschluss.

Bei einer Vorlesung lernte er Olga Godorpowski, die Tochter eines russischen Ölmanagers, kennen. Jeder wusste, sie schwamm im Geld. Die monatlichen Zuwendungen von ihrem Vater kamen genau so pünktlich wie die seinen, nur mit dem Unterschied, dass ihre Apanage wesentlich höher war. Nach kurzer Zeit wurden sie ein Paar. Da beide das Meer liebten und gerne surften, schrieben sie sich an der Hawaii Pacific Universität in Honolulu ein. Sie mieteten eine großzügige Stadtwohnung mit Blick auf den Ozean.

Ullis Geliebte hatte bisher wenig von der Welt gesehen, und da Ulli den Luxus liebte, wurden Olgas Reisewünsche immer häufiger erfüllt. Sie bereisten Kanada, Süd-Amerika, Australien, Neu-Seeland und die Antillen.

Da sie zusammen über fast 20.000 US $ im Monat verfügten, blieben sie manchmal lange weg. Sie verpassten immer häufiger ihre Semester. Alles ging dennoch fast zwei

Jahre gut.

Eines Tages kam Ulli von einem seiner seltenen Vorlesungsbesuche zurück in die gemeinsame Wohnung. Er drehte den Schlüssel um, machte die Tür auf und ging ins Wohnzimmer. Auf der Liege saß ein unbekannter breitschultriger Mann, der sich mit den Nägeln der rechten Hand die Nägel der linken säuberte.

Er stellte sich nicht vor. Mit einem stark slawischen Akzent sagte er: "Olga muss zurück nach Russland. Sie hat schon gepackt und ist auf dem Weg zum Flughafen. Sie fliegt heute Abend noch. Hier ist ein Brief für Sie."

"Was ist passiert? Warum muss sie zurück? Was ist hier überhaupt los?", entgegnete Ulli.

"Diese Fragen stehen Ihnen nicht zu", antwortete der Mann und schaute ihn aus stahlblauen Augen ein wenig überheblich an.

Nachdem er auch den letzten Nagel bearbeitet und die Wirkung begutachtet hatte, stand er auf und verließ wortlos den Raum.

Ulli öffnete den Umschlag und las: "Lieber Ulli, es ist etwas Schlimmes passiert. Ich kann nicht darüber reden. Es war eine schöne Zeit mit dir. Liebe Grüße, Olga."

Es waren die ersten und die letzten Zeilen, die er von Olga erhielt. Im Monat darauf wurde der Prozess gegen Russlands bekanntesten Ölmanager eröffnet. Es wurde bei der Verhandlung u.a. über eine Tochter gesprochen, die im Ausland studierte. Da Olga mit Informationen über ihre Familie immer auffällig zurückhaltend, aber sonst sehr offen war, war Ulli sich beinahe sicher, dass Olga die Tochter dieses Mannes war und sich unter anderem Namen eingeschrieben hatte.

Ulli tröstete sich schnell. Dieses Mal mit einer seiner Professorinnen. Mit ihr brachte er einen guten Teil der Abfindung durch, die sie nach der Scheidung von ihrem Mann bekommen hatte.

Letztes Jahr ist der ewige Student nach Deutschland zurückgekehrt und hat sich wieder immatrikuliert.

Während Ullis Mutter freudig das unerwartete Dreier-Mahl zubereitet, wechseln Vater und Sohn einige belanglose Sätze über Sport und Politik. Zum Glück wird heute nicht über Ullis studentische Fortschritte diskutiert, mit denen sein Vater schon lange mehr als unzufrieden ist.

Während des Essens kommt sein Vater auch auf den Besuch von Doris Heller in der Bank zu sprechen.

"Unglaublich, diese Frau ist kaum Witwe und freut sich, als ob sie im Lotto gewonnen hätte. Und ihr ganzes Benehmen! Ein Mindestmaß von Trauer sollte bei jedem vorhanden sein."

"Wie viel Benehmen ist denn für eine Witwe angebracht?", fragt Ulli seinen Vater. "Hat sie denn im Lotto gewonnen?"

"Nein", erwidert Burke, "sie hat nur gut fünf Millionen geerbt."

Ulli besitzt die Gabe der Selbstbeherrschung. "Nicht schlecht, wie alt ist die Dame?"

"Oh. Ich schätze so um die vierzig, aber sie benimmt sich wie zwanzig. Und dabei ist sie gerade erst Witwe geworden!"

"Hab nicht gewusst, dass der Heller so ein reicher Pinkel ist."

Man sollte sich die Millionärin wenigstens einmal ansehen, sagt sich Ulli und versucht in den nächsten Tagen, Informationen über die Witwe zu bekommen.

Er ist dabei nicht sehr erfolgreich. Seine Freunde kennen die Dame nicht; einer glaubt, dass sie Tennis spielt, weiß aber nicht wo. Da Ulli kein Freund des Tennissports ist und dieses Spiel sowieso nicht beherrscht, sieht er hier keine großen Möglichkeiten, Kontakte zu knüpfen.

Da fällt ihm der Fotoclub ein. Er war schon lange nicht mehr da und ist auch kein Mitglied mehr. Aber es war definitiv der Fotoclub, wo er Heller kennengelernt und die Ausstellung in der Bank vereinbart hat.

Er schaut sich die Website des Clubs an und stellt fest, dass die Mitglieder sich am kommenden Freitag treffen.

"Ob's etwas bringt, weiß ich nicht, aber wer nichts versucht, kommt nicht weiter", sagt er sich und betritt am Freitagabend das Lokal, in dem der Club tagt. Er erkennt einige Leute, grüßt sie und sieht sich eine Diashow an, die einer der Mitglieder vorführt. Eine Safari in Kenia. Die Bilder sind einmalig schön.

In der Pause entdeckt er Martina, die sich den Termin auch gemerkt hat. Sie kennen sich aus der Schule. Beide begrüßen sich herzlich, und Ulli erzählt ihr einiges vom Studium in den USA und auf Hawaii.

Martina berichtet, dass sie seit letztem Jahr verheiratet ist und dass sie und ihr Mann bald eine Wohnung kaufen werden.

"Kenne ich deinen Mann?" fragt Ulli.

"Nein. Er kommt aus dem Süden, er ist Kommissar bei der Polizei."

"Ist ja spannend", erwidert ihr Gegenüber. „Hat er schon interessante Fälle gehabt?"

"Noch nicht so viele, er wurde gerade befördert und leitet jetzt die Untersuchung über den Tod von Herrn Heller."

"Ach ja, und was ist dabei herausgekommen?"

"Der Fall ist erledigt. Man hat die Akten schon geschlossen, aber ich sage dir eins, Ulli, diese Frau hat etwas auf dem Kerbholz!"

"Wie kommst du darauf?"

"Schwer zu sagen, ich spüre es, ich weiß es einfach!"

"Und was meint dein Mann dazu?"

"Er sagt, Bauchgefühle gehören nicht zu der Ausbildung eines Polizisten. Damit ist das Thema erledigt."

"Weißt du was, wir trinken nachher noch ein Bierchen zusammen und dann erzählst du mir mal die ganze Story."

Auf dem Weg zur Kneipe sagt Martina: "Aber ich weiß nicht, ob ich darüber reden darf!"

"Ach was", lacht Ulli, "wenn der Fall abgeschlossen ist, kannst du über alles reden. Du weißt, ich kenne mich juristisch mit solchen Sachen aus."

Und Martina erzählt, was sie weiß. Ulli will alle Details sehr genau wissen. Sie führt das auf sein Jurastudium zurück. Nach einer knappen Stunde verabschiedet sie sich: "Es war schön, dich wiederzusehen."

Während Solm mit neuer Arbeit eingedeckt wird, meldet sich die frisch gebackene Witwe im Golfclub an. Ihr Ehemann hatte ihr das nicht erlaubt und erklärt, dass alle Golfspieler überheblich und arrogant seien. Außerdem wäre der Sport zu zeitintensiv und zu teuer.

Zwei Wochen später weiß Ulli, dass Doris Golf spielt. Auf diesem Terrain kennt er sich besser aus, denn er hat das Golfspielen in den USA gelernt und besitzt die Platzreife.

Er weiß auch, dass sie zweimal in der Woche trainiert, weiß, wo sie wohnt und kennt ihr Auto. Zweimal zahlt er das Greenfee umsonst, da Doris immer in Begleitung ihres Trainers ist und er keine Gelegenheit findet, sie anzusprechen.

Beim dritten Mal trinkt sie nach dem Spiel noch ein Glas mit dem Golflehrer. Nach wenigen Minuten verabschiedet er sich allerdings von ihr mit dem Hinweis, dass der nächste Schüler schon auf ihn warte.

Ulli sieht seine große Stunde gekommen und begibt sich zu ihrem Tisch.

Seine Strategie ist klar. Höflich sein, Mitgefühl zum Ausdruck bringen und nicht das Gefühl vermitteln, dass er Interesse an ihr hat.

"Guten Tag, Frau Heller, mein Name ist Ullrich Burke. Ich möchte Ihnen kondolieren zum Tod Ihres Mannes. Wir kannten uns vom Fotoclub. Ich habe auch seine Ausstellung gesehen in der Bank. Obwohl nur Amateur, war er ein Meister seines Fachs."

Selbstverständlich hat Doris den jungen Mann schon vorher im Club bemerkt, aber sie tut so, als ob sie ihn zum ersten Mal sieht.

"Vielen Dank, Herr Burke, er hatte tatsächlich einen sehr guten Blick. Sind Sie mit Herrn Burke von der Bank verwandt?"

"Ja, das ist mein Vater."

"Ich habe ihn neulich in der Filiale besucht. Bitte, grüßen Sie ihn von mir."

"Das mache ich gerne, Frau Heller. Auf Wiedersehen!"

Er gibt ihr etwas linkisch die Hand, zahlt seinen Kaffee an der Theke und verlässt das Lokal, ohne sich noch einmal nach ihr umzudrehen.

"So kann man sich täuschen", denkt Doris. "Er sieht wie einer aus, der nichts anbrennen lässt, aber er scheint ganz manierlich zu sein. Und außerdem sieht er einfach Klasse aus. Wie alt mag er wohl sein?"

In der darauf folgenden Woche wartet Ulli mit seinem Wagen an einer nicht einsehbaren Stelle einer Einbahnstraße, unweit vom Golfclub, bis Doris vorbeikommt. Er startet sein Auto und parkt zufällig seinen Wagen neben ihrem.

"Ah, Sie sind's. Guten Tag, Frau Heller." Die beiden begrüßen sich mit Handschlag.

"Möchten Sie Ihr Handicap verbessern? Haben Sie bisher nur mit Trainer geübt oder sind Sie schon weiter?"

"Ach, wissen Sie, Herr Burke, ich habe das Gefühl, dass ich das Spiel nie lerne.

Ich verpasse den Ball, ich haue ins Gras, und ich ruiniere den Rasen."

"Das kommt schon, Frau Heller, ich habe auch viele Monate gebraucht, bis es einigermaßen klappte. Wie lange spielen Sie schon?"

"Ich hatte bisher acht Trainerstunden."

"Dann ist noch alles möglich", erwidert Ulli.

"Wissen Sie Herr Burke, ich habe das Gefühl, dass der Trainer gar nicht auf mich eingeht. Er kann zwar gut spielen, aber manche Sachen kann er verbal einfach nicht vermitteln. Es liegt vielleicht auch daran, dass er erst zwei, drei Jahre in Deutschland ist."

"Wenn ich Ihnen helfen kann, mache ich das gerne. Wenn Sie Zeit haben, können wir uns nach Ihrer Stunde zu einem Bier zusammensetzen."

"Vielen Dank für das Angebot. Bis nachher dann." Obwohl Doris nur ein Wasser und Ulli eine Tasse Kaffee trinkt, sitzen die beiden über eine Stunde zusammen. Er versucht, die sprachlichen Defizite des Trainers zu kompensieren und gibt Doris einige nützliche Tipps.

Es bleibt nicht aus, dass im Laufe der Unterredung auch über Doris' Ehemann gesprochen wird. Ulli betont nochmals die gelungenen Arbeiten ihres Mannes. Doris seufzt und sagt: "Wissen Sie, ich finde sie auch gut, aber mit seinen Bildern kann ich die Wände innerhalb und außerhalb des Hauses tapezieren. Ich werde sie zum Sperrmüll stellen müssen. Ich brauche Platz."

"Aber Frau Heller, tun Sie das bitte nicht! Er hat solch gute Bilder gemacht. Die kann man nicht einfach auf die Straße stellen. Man könnte posthum eine Ausstellung organisieren."

"Nein, davon halte ich gar nichts, aber wenn Sie so viel Interesse an den Fotos haben, schenke ich sie Ihnen. Rufen Sie mich in der nächsten Woche mal an, dann werde ich alles zusammengestellt haben."

KAPITEL 6

Erst am letzten Tag der darauffolgenden Woche ruft Ulli die Witwe an.

"Guten Tag, Frau Heller, ich möchte gerne auf Ihr Angebot mit den Bildern zurückkommen. Stehen Sie noch dazu oder haben Sie es sich anders überlegt?"

"Habe ich nicht, Herr Burke. Sie können gerne vorbeikommen und schauen, was Sie gebrauchen können. Würde es Ihnen morgen passen? Ich bin so gegen sechs zu Hause."

Als Ulli die geräumige Hellersche Villa betritt, riecht es herrlich nach Knoblauch und Oregano.

"Guten Tag, Frau Heller. Habe ich Sie beim Kochen gestört?"

"Aber nein, ich habe nur etwas vorbereitet, was überbacken werden muss. Bitte, nehmen Sie Platz. Trinken Sie einen Schluck Wein mit?"

Sie läuft zum Schrank, um ein weiteres Glas zu holen, und zeigt auf die Flasche Rosé, die auf dem Couchtisch steht.

"Gerne", sagt Ulli und schenkt die Gläser ein.

Die beiden unterhalten sich angeregt über Gott und die Welt. Die Flasche ist relativ schnell leer und Doris sagt: "Entschuldigung, aber der Wein steigt mir ein wenig in den Kopf. Ich glaube, ich muss etwas essen. Wie ist es mit Ihnen? Leisten Sie mir Gesellschaft?"

"Sehr gerne; kann ich Ihnen helfen?"

"Ja, das können Sie. Im Keller müsste noch eine Flasche Rosé zu finden sein. Vielleicht können Sie sie holen und kalt stellen. Da links in der Ecke geht's runter. Ich schiebe die Quiche in den Ofen, und in einer halben Stunde können wir essen. Dann können Sie mich loben oder eben nicht."

Ulli ist beeindruckt von den Ausmaßen des Souterrains. Das ganze Haus ist offensichtlich unterkellert.

Er nimmt einige Weinflaschen in die Hand: "Casa Lapostolle, Chateau-neuf-du-Pape, Chateau Pontet, Chateau La Mondotte und noch weitere spanische Häuser und französische Schlösser."

Obwohl er die meisten Namen nicht kennt, ist ihm bewusst, dass es keine preiswerten Produkte sind. Er kennt nur wenige Sorten, trinkt aber gerne ein Glas. Er genießt den Wein, aber als Kenner würde er sich nicht bezeichnen.

Nachdem er die verlangte Flasche in den Kühlschrank gestellt hat, zeigt Doris ihm das Zimmer mit den Fotografien. "Sie können sich aussuchen, was Sie mögen. Nehmen Sie sich Zeit. Ich rufe Sie, wenn das Essen fertig ist."

Ulli schaut sich im Raum um. Die Einrichtung ist eher spartanisch. Die wenigen Möbel sind, ähnlich wie im Wohnzimmer, gute und sündhaft teure Designerstücke. Er ist noch beim Sortieren der vielen Fotomappen, als Doris hereinkommt.

"Es ist so weit. Ich habe am Wohnzimmertisch gedeckt. Hoffentlich haben Sie ein wenig Appetit?"

"Ja, das habe ich; heute Mittag hat's zeitlich nur für ein Brötchen gereicht." Ulli entkorkt die Weinflasche, die Doris inzwischen aus dem Kühlschrank geholt hat.

"Auf die Köchin, Frau Heller! Vielen Dank für die Einladung!"

Noch vor der Nachspeise ist auch diese Flasche leer. Doris geht in die Küche, um das Eis zu holen. Es entgeht Ulli nicht, dass ihr Schritt ein wenig unsicher ist. Auf dem

Weg zurück ins Zimmer schwankt sie leicht und lehnt sich mit den Eisschälchen in den Händen einen kurzen Moment gegen den Türpfosten.

"Ich werde nachher ein Taxi bestellen müssen, Frau Heller; denn mit Fahren ist nichts mehr heute Abend."

"Das könnte ich auch nicht mehr", erwidert Doris. "Dann können wir uns auch noch ein Gläschen genehmigen."

Ulli holt eine neue Flasche aus dem Keller und nimmt sicherheitshalber eine weitere mit nach oben.

"Ich werde den Wein ins Tiefkühlfach legen, dann können wir ihn bald köpfen."

"Gute Idee, Sie dürfen ihn nur nicht vergessen, sonst platzt die Flasche."

Kurz darauf sitzen beide mit frisch gefüllten Gläsern auf der Couch und Ulli erzählt von seinem Studium in den USA.

"Ach, Design haben Sie studiert? Dann kennen Sie bestimmt unsere Möbel."

"Sie haben wunderschöne Stücke; die Stühle dürften von Arper sein, die beiden Lampen sehen nach Alvar Aalto aus, und der Couchtisch könnte von Poli sein. Kennen Sie sich gut aus?"

„Nein, ich habe mich nach der Heirat nur schlaugemacht. Mein Mann hat gesagt, dass ich das Haus so einrichten kann, wie ich will. Nachdem er dann die Rechnung bekommen hat, ist er ausgeflippt. Er wollte die Möbel schon zurückgeben, aber davon konnte ich ihn glücklicherweise abhalten. Er war halt sehr, sehr geizig."
„Das tut mir sehr leid. Dann können Sie mit dem Verlust leichter umgehen, nehme ich an."

„Das können Sie wohl laut sagen. Ich habe meinen Beruf für ihn an den Nagel gehängt. Wenn ich nicht finanziell von ihm abhängig gewesen wäre…"

Ulli schaut sie mitfühlend an.

„Ach, Herr Burke, es ist schön, mit jemandem zu reden, der zuhört und Verständnis zeigt."

„Aber das ist doch selbstverständlich, Frau Heller. Darf ich Ihnen vorschlagen, dass wir uns duzen; wir sind doch etwa im gleichen Alter?"

Doris ist geschmeichelt. Sie wusste doch, dass sie noch Chancen hat, dass das Leben jetzt erst richtig anfängt. „Liebend gerne", antwortet sie, hebt ihr Glas und prostet ihm zu. „Ich heiße Doris."

„Prost, ich bin Ulli", erwidert der Student. „Das Schönste an diesem Ritual ist, dass wir jetzt Bruderschaft trinken können."

„Da müssen wir wohl durch", seufzt Doris und schaut ihn verführerisch an.

Ulli wendet sich ihr zu, streichelt sie kurz unter ihrem Haaransatz über die Stirn und küsst sie behutsam auf den Mund. Doris erwidert seinen Kuss so lang anhaltend, dass beide kaum noch Luft bekommen. Wie lange hat sie sich danach gesehnt.

Ihre Augen leuchten, und sie nimmt einen großen Schluck aus ihrem Glas. So groß, dass sie sich verschluckt und einen Teil des Weines ihr übers Dekolleté läuft.

„Dafür ist der Wein zu gut", flüstert Ulli und beugt sich über Doris, um ihn von ihrer Haut abzulutschen.

Einige Tropfen verschwinden in ihrem Ausschnitt.

„Auch die wollen gerettet werden", sagt Ulli und macht sich an den Knöpfen von Doris Bluse zu schaffen. Sie lehnt sich erwartungsvoll zurück und lacht laut und kehlig: „Mit dem Trick hat's noch keiner versucht!"

Nachdem alle Knöpfe sich geschlagen gegeben haben, geht Ulli wieder mit seinem Mund auf Entdeckungsreise und fährt mit der Zunge über ihre rechte Brustwarze. Sie kichert unvermittelt los wie ein Teenager: „Ich bin kitzelig!"

"Das geht schon in Ordnung" erwidert Ulli, „ich bin Forscher und analysiere nur deine Körperstruktur", und macht weiter.

Das Kichern verwandelt sich allmählich in ein Stöhnen: „Mit deinen Forschungsergebnissen könntest du promovieren."

Nach einigen Minuten entwindet sie sich ihm und haucht ihm zu: „Ich wüsste da ein ideales Plätzchen als Forschungsterrain. Ich verschwinde schon mal; du musst mich suchen."

"Auch gut", denkt sich Ulli, "Forschung bringt die Wissenschaft weiter."

Als er das Schlafzimmer betritt, sitzt Doris vor dem Spiegel. Sie hat ein zartes crèmefarbenes Nichts an.

Von irgendwoher kommt Musik. "It's now or never" singt Elvis.

"Passt doch wie die Faust aufs Auge", denkt der Student. Er schaut sie von allen Seiten im Spiegel an.

„Weißt du, Doris, du bist sehr fotogen; ich möchte eines Tages mal Bilder von dir machen. Hat dein Mann keine Fotos von dir gemacht?"

„Doch, am Anfang schon; aber Porträtfotografie war nicht sein Ding, und er hat's dann schnell aufgegeben."

Er beugt sich über sie, legt die Arme um sie. Sie steht auf, ohne sich umzudrehen. Langsam und unorthodox tanzt das Paar auf Presley's Musik zum Bett. Nachhilfe brauchen beide nicht.

Es ist schon fast Mittag, als sie aufstehen. Da Doris recht lange im Bad braucht, um die Spuren des Alterns zu retuschieren, sucht sich Ulli in der Küche die Zutaten zusammen und bringt ein komplettes Frühstück zustande.

Doris kommt frisch gestylt ins Zimmer und setzt sich hin." Daran könnte ich mich gewöhnen", sagt sie auf den Tisch schauend. "Kannst du eventuell auch kochen? Ich würde dich glatt einstellen."

"Geht leider nicht", sagt Ulli, "ich wäre zwar eine unbezahlbare Bereicherung für deine Küche, aber ich habe noch ein paar Nebenjobs, wie du weißt. Ich habe meine Vorlesung heute Morgen schon verpasst. Aber, verstehe mich bitte nicht falsch, das bedaure ich selbstverständlich kein bisschen."

"Würde ich dir auch raten", flötet Doris, und sie streicht ihm liebevoll durch sein blondes Haar. "Sehen wir uns bald wieder?"

"Ich muss mich heute Mittag noch mit einem Dozenten besprechen und einige Bücher besorgen. Wenn du magst, führe ich dich heute Abend zum Essen aus."

"Das ist sehr lieb von dir Ulli, aber in meiner momentanen Lage möchte ich das nicht so gerne. Du weißt doch, die Leute klatschen so schnell."

"Stimmt, das sehe ich ein. Was schlägst du vor?"

"Wir kochen gemeinsam, dann suchst du dir die Bilder zusammen, die du gerne haben möchtest. Und ... na ja …, vielleicht fällt uns noch etwas Nettes ein?"

Am Abend findet sich Ulli ein. Er hat einen Riesenstrauß Astern in der rechten und eine Flasche Schampus in der anderen Hand.

Mit einer huldvollen Verbeugung überreicht er Doris die Blumen. Sie strahlt. "Danke dir, das ist sehr nett. Ich glaube, ich habe schon ewig keine Blumen mehr geschenkt bekommen, …von einem Mann, meine ich."

"Ich verstehe, wie du es meinst. Hauptsache, sie gefallen dir. Bin ich zu spät?"

"Nein, ich habe alles, was wir brauchen, zusammengestellt und bisher nur eine Sauce vorbereitet."

"Schön, dann kann's losgehen. Soll ich die Flasche aufmachen? Sie ist kalt!"

Dieses Mal stellt sich Ulli den Wecker. Es kann nicht schaden, den engagierten, immer fleißigen Studenten zu markieren.

Bevor er sich nach dem vorzüglichen Frühstück verabschiedet, schaut er sich die restlichen Bilder an, er stellt ein halbes Dutzend zusammen und schaut sich nach einer Transportmöglichkeit um. In der Ecke liegt eine große Tüte. Er schaut rein und sieht eine demolierte Kamera, eine Brille und eine Fototasche. Er schaltet sofort. Das sind die Sachen, über die Martina ihm nach dem Besuch beim Fotoclub erzählt hat. Er läuft in die Küche.

"Doris, es liegt eine große Tüte im Zimmer, die würde ich gerne für die Bilder nehmen. Kann ich die haben?"

"Ich komme mit. Welche meinst du?"

"Die große braune da in der Ecke."

"Ach die", sagt sie schulterzuckend, während sie den Inhalt auf ein Tablett legt, „die kannst du haben."

"Sieht schlimm aus." Ulli zeigt auf die Kamera. "Ist sie dir heruntergefallen?"

„Nein", entgegnet Doris, „das war der Fotoapparat meines Mannes, den wollte ich eigentlich entsorgen."

Der Student nimmt ihn in die Hand. "Das wäre schade, vielleicht kann man mit dem Objektiv noch etwas anfangen."

"Du kannst das Ding auch mitnehmen, Ulli. Dann ersparst du mir einen Gang zum Mülleimer. Und wenn du willst, kannst du auch den anderen Kamerakram einpacken."

Sie läuft ins Nebenzimmer und kommt mit einer großen, schweren schwarzen Kamera-Tasche zurück. "Das braucht er jetzt nicht mehr, und ich kann damit nichts anfangen."

Ulli zuckt zusammen bei dem pietätlosen Spruch der blonden Frau in dem knappen, fürs Frühstück eigentlich völlig unpassenden Höschen. Er küsst Doris zum Abschied und verspricht ihr, dass sie am Wochenende zusammen wegfahren. Sie schwärmt von einem Super-Hotel an der Küste. Da gäbe es einen tollen Strand, gutes Essen, Wellness und Sauna.

"Und dann kann ich dich mal einladen", fügt er hinzu.

Zu Hause schaut sich Ulli, ähnlich wie der Kommissar vor wenigen Tagen, den schlimm zugerichteten Foto-Apparat an.
Auch er hat die Speicherkarte bald in den Händen und schiebt sie in seinen PC. Auch er sieht die ersten guten Aufnahmen und die beiden letzten unscharfen Bilder. Nur die Bewertung von dem, was er sieht, fällt anders aus als die von Kommissar Solm.:

„Ein hervorragender Fotograf fährt abends zum Fotografieren. Es ist schon dunkel. Er hat nur eine Kamera dabei. Keine Kameratasche mit anderen Objektiven, kein Stativ, keinen Belichtungsmesser, keine anderen fotografischen Hilfsmittel, ... gar nichts. Dann macht er zwei vollkommen verwackelte Aufnahmen aus der Hand und fällt die Klippe runter.

Das ist nicht nur vollkommen unlogisch, sondern für Ullrich auch nicht vorstellbar. Ob Martina Solm recht hat? Was hat sie gesagt? Er kann sich nicht mehr an den genauen Wortlaut erinnern, aber es ist klar, dass sie Doris nicht über den Weg traut.

Eine geschlagene Stunde sitzt er am Tisch, während er die ganze Kaffeekanne leert. Er denkt nach. Dann ist sein Entschluss gefasst: Er wird die Angelegenheit überprüfen.

KAPITEL 7

Am Freitagabend fahren die beiden in das Hotel, wo Doris am Tag der Beerdigung war. Sie haben das gleiche Zimmer.

Ulli ist beeindruckt. Er denkt an seine russische "Ölprinzessin" in den USA, mit der er auch recht opulent gelebt hat, aber dies hier ist Luxus pur.

"Ja", sagt er sich, "dies ist meine Kragenweite. An diese Frau hältst du dich."

Beim Spaziergang, den sie am nächsten Tag machen, stellt Ulli fest, dass seine Geliebte eine sehr gute Kondition hat. Obwohl er auch sportlich ist, muss er sich anstrengen, das Tempo mitzuhalten.

"Du läufst wunderbar und ganz schön zügig. Ich bin beeindruckt. Machst du den Marathon mit?"

"Habe ich mir schon überlegt", erwidert Doris, "aber Bernd wollte das partout nicht. Ich glaube, ich laufe einen ganz ordentlichen Schnitt. Wenn ich einen guten Tag und keinen Gegenwind habe, jogge ich in einer Stunde gut zehn Kilometer."

Beim Dinner im Speisesaal beobachtet er die Gäste. Er dürfte der Jüngste im Restaurant sein, und seine Freundin wird wohl den zweiten Platz belegen. Es gibt ein Altersloch von mindestens 30 Jahren zu den restlichen Gästen.

Er betrachtet zwei imposant aussehende Herren, die das Befehlen verlernt haben und bei jedem Satz ihrer mit betonierten Löckchen ausgestatteten Ehefrauen nicken und sich dabei leicht nach vorne beugen. Sie könnten Brüder sein.

Er sieht, wie zwei alte Damen in Zeitlupe essen.

Er beobachtet einen noch älteren Herrn mit kurzem Bürstenschnitt, der kerzengerade auf seinem Stuhl sitzt und den Ober in preußischem Kasernenhofton durch den Speisesaal scheucht.

Er fühlt sich eher im Altersheim als in einem Fünf-Sterne Restaurant.

Doris beachtet die anderen Gäste kaum und plappert munter über das gute Essen, ihr morgiges Wellness-Programm und den Friseurtermin, der Montag ansteht.

Abends im Bett nach einer höchst erotischen Reise voller Emotionen schaut sie Ulli zärtlich an.

„Was hältst du davon, wenn wir in deinen Semesterferien eine Reise zusammen machen?"

"Das ist eine gute Idee, ich möchte mich finanziell aber daran beteiligen."

"Lass mal gut sein, du hast gestern das Essen finanziert, jetzt bin ich mit der Reise an der Reihe."

In der Woche darauf klingelt bei Doris das Telefon; es ist ihre Freundin Pauline.

"Du treulose Tomate. Bist du krank? Ich habe schon seit Tagen nichts mehr von dir gehört. Kommst du zum Tennis?"

Fröhlich erwidert sie: "Ich werde da sein und nach dem Tennis nimmst du dir ein wenig Zeit für mich. Ich habe tolle Neuigkeiten."

"Du bist so enthusiastisch, so gelöst. Was ist passiert?"

"Erzähle ich dir schon alles noch, sei nur nicht so neugierig!"

Nach dem Spiel sitzen sie in der kleinen Eckkneipe zusammen. Nachdem der Kellner sich entfernt hat, schaut Pauline ihre Freundin erwartungsvoll an: "Na, erzähl schon; deinen Verlust scheinst du erstaunlich gut weggesteckt zu haben".

„Dumme Frage, wer redet denn von Verlust. Im Gegenteil, ich habe mich verliebt. Das ist das erste Mal seit Jahren, eigentlich das erste Mal seit meiner Schulzeit. Er sieht fantastisch aus, er ist intelligent, und er liebt mich auch."

"Das freut mich für dich. Und was macht dein schöner neuer Mann?"

"Er studiert noch, er hat seine Auslandssemester beendet und macht jetzt hier sein Examen."

"Oh, ein junger Kerl also. Nun, das kannst du dir jetzt alles leisten. Kannst du ihm wenigstens einiges beibringen?"

"Hast du eine Ahnung!", erwidert Doris, "der Ulli ist auch im Bett eine Wucht, da habe ich noch einiges lernen können."

"Umso besser", erwidert Pauline. "Nachdem du nie fremdgegangen bist, hast du bestimmt eine Menge Nachholbedarf. Denn mit Bernd war ja wohl wenig los."

"Ja, das stimmt; er war einfach ein Armleuchter, und ich habe wirklich etwas Besseres verdient." Obwohl sie damit auch ihren neuen Wohlstand meinte, hatte Doris es sich angewöhnt, nicht mit anderen Leuten über Geld zu sprechen, denn es war ihr schnell klar geworden, dass Neid eine offensichtliche Konstante der menschlichen Natur ist.

"Nun, das hast du jetzt auch", erwidert Pauline. "Und nicht zu knapp, nehme ich an?"

"Ach, das hält sich in Grenzen, aber es reicht, um deinen Kaffee mitzubezahlen."

Lachend umarmt sie Pauline und begibt sich zu ihrem Auto.

Bis zur Weihnachtswoche hat sich das Verhältnis der Verliebten immer mehr vertieft.

Nachdem Doris mehrere Wochenenden mit Ulli auswärts verbracht hat, meint sie unvermittelt: "Wir können uns nicht immer verstecken. Willst du einen Spaziergang mit mir machen?"

"Ja gerne, ich war schon lange nicht mehr in den Dünen. Sollen wir zum alten Leuchtturm laufen?"

Doris hält einen Moment inne und stottert: "Ja …, ja natürlich … das … eh … können wir machen."

Das Zögern ist Ulli nicht entgangen, aber erst beim Betreten des kleinen Pfades, der zum Turm führt, wendet er sich seiner Geliebten zu und meint scheinheilig:

"Entschuldigung, ich habe gar nicht daran gedacht. Hier in der Nähe ist ja dein Mann verunglückt."

"Das ist nicht schlimm", meint Doris, „das ist Vergangenheit und macht mir nichts mehr aus."

"Wo war's denn genau?", will der Student jetzt wissen.

Sie schaut ihn von der Seite aufmerksam an: "Weiß ich nicht, ich war nicht dabei."

"Und du hast dir die Stelle nicht zeigen lassen?"

"Nein, warum sollte ich? Tot ist tot!"

Ihn schockt die gleichgültige Art und Weise, mit der sie sich über ihren Mann und seinen Tod äußert.

"Merkwürdig", denkt er, "wie man einerseits so zärtlich und einfühlsam, aber dann auch wieder so hart, so endgültig sein kann. Und warum ist sie so nervös und stottert plötzlich?"

In diesem Moment nimmt er sich den nächsten Schritt vor. Er muss herausfinden, wo Heller ums Leben gekommen ist.

Schon am nächsten Tag macht Ulli sich in Richtung Hafen auf und besucht, ähnlich wie Doris vor einigen Wochen, das malerische Häuschen der Küstenwache.

Auf seine Frage hin, wer Herrn Heller damals transportiert habe, antwortet der diensttuende Beamte: "Das hat ein Kollege von mir gemacht, der ist zurzeit im Krankenhaus; er hat sich den Arm gebrochen. Aber der Eugen, das ist der Mann, der den Herrn wohl geortet und Bescheid gesagt hat, der ist auf seinem Boot. Ich habe ihn vor zehn Minuten noch gesehen." Er zeigt auf ein mittelgroßes Schiff, das etwas Farbe vertragen könnte.

Ulli klopft an die Ladeluke. "Guten Tag, ich bin von der Küstenwache zu Ihnen geschickt worden. Sind Sie der Eugen?"

"Da sind Sie richtig!"

"Haben Sie damals den Mann gefunden, der von den Klippen gestürzt war?"

"Ja, ja, das war ich. Ich hatte mich schon gewundert, dass da oben so früh schon ein Auto steht. Die Tür war offen. Ich dachte erst, dass da einer angelt, aber als wir dann näher herankamen, sah ich den Mann dort liegen. Er hatte ein weißes Hemd an, sonst hätte ich ihn wohl kaum bemerkt."

"Wissen Sie noch, wo die Stelle ungefähr war?"

"Ungefähr? Ich weiß genau, wo das ist, denn ich musste den Leuten vom Wasserschutz die Position weitergeben. Es ist exakt bei der grünen Tonne.

Wenn Sie sozusagen einen Strich ziehen von der Tonne bis zum Weg, der zum Leuchtturm führt, lag dort der Mann auf den Felsen."

Ulli bedankt sich für die Auskünfte und fährt nach Hause.

„Auch komisch", denkt er, der Heller geht abends im Dunkeln nur im Hemd zum Fotografieren."

Zu Hause angekommen, ruft er die Wetterstation an. „Entschuldigen Sie, mein Name ist Meyer; ich brauche eine Auskunft in Bezug auf die Temperatur von Montag, dem 13. Oktober. Können Sie das herausfinden?"

„Da genügt ein Knopfdruck, Herr Meyer, einen Moment, bitte. Am Montag, dem 13. Oktober, hatten wir zwischen elf und dreizehn Grad.

War ein frischer Tag und nachts gab's einen anständigen

Sturm mit Windstärke sieben bis acht."

Ulli bedankt sich und starrt lange vor sich hin. Dann nimmt er einen Block und fängt an, alle Besonderheiten, die ihm im Zusammenhang mit Herrn Hellers Tod aufgefallen sind, zu notieren. Nach einer halben Stunde ist die Seite voll.

Er greift wieder zum Telefon und ruft Frank, einen Kommilitonen, an und bittet ihn, ob er ihm sein Boot morgen ein Stündchen ausleihen könne.

"Kein Problem, solange du's wieder volltankst. Der Schlüssel liegt unter dem Werkzeugkasten im Schrank. Zieh was Warmes an, denn es ist saukalt!"

Um zu vermeiden, dass er zufällig von Doris gesehen werden könnte, fährt er, während sie Tennis spielt. An der ausgewählten Stelle angekommen, wirft Ulli den kleinen Anker zwischen zwei Felsen und zieht das Boot so nah wie möglich ans Land. Es fehlen noch gut zwei Meter. Er zieht Schuhe und Strümpfe aus, nimmt sie in die Hand und watet vorsichtig durch das eisige Wasser aufs Festland.

"Hier muss es sein. Hier ist der Heller bei den Klippen heruntergefallen." Er inspiziert das unebene felsige Gelände genau, nimmt sich Zeit, viel Zeit. Aber er findet nichts, wenigstens nichts, was ihn weiterbringt.

Schließlich setzt er sich auf einen Stein und zündet sich eine Zigarette an. Seine Hände sind so durchgefroren, dass ihm sein Feuerzeug aus der Hand rutscht.

„Scheiße", flucht er, als er feststellt, dass es genau in eine Spalte gerutscht ist. Da es eines der ersten sündhaft teuren Geschenke von Doris ist, kann er's nicht dabei bewenden lassen. Er schaut ins Loch zwischen den Felsen, kann aber nichts sehen.

„Wenn ich den linken Stein bewegen kann, kriege ich es vielleicht heraus. Ich brauche nur einen Hebel."

Das große Stück Treibholz, das er findet, scheint nicht

sehr stabil zu sein, aber bevor es abbricht, kann er den Stein ein kleines Stück zur Seite rücken. Er legt sich flach auf den Boden und sieht schließlich das Feuerzeug. Mit einem kleinen Stock zieht er es heran.

Nachdem er es beinahe geschafft hat, sieht er daneben etwas im trüben Licht glitzern. Zuerst hält er es für eine Muschel, dann für ein Stück Glas. Er schaut nochmals genau hin: Es ist ein Brillenglas! Ein kalter Schauer läuft ihm über den Rücken. Bei Hellers Sachen war doch auch eine zerbrochene Brille. Sie hatte nur ein Glas, das weiß er genau. Ob dies das zweite ist? Wie das Feuerzeug angelt er sich das Glas auf ähnliche Weise.

Endlich liegt es vor ihm. Seine Schulter ist steif und schmerzt von der ungewohnten, einseitigen Haltung, die er die letzten Minuten einnehmen musste.

Noch immer am Boden, streckt er seinen Arm nach hinten und schüttelt ihn hin und her, damit das Blut wieder besser fließt. Dabei schaut er den Stein, den er gerade etwas zur Seite geschoben hat, genauer an.

"Dass ich das nicht früher gesehen habe. Was ist das denn?" fragt er sich laut. "Sieht aus wie Hieroglyphen. Ob die Ägypter so weit im Norden waren?"

Bei einer genauen Betrachtung der vermeintlich alten Schriftzeichen stellt er schnell fest, dass sie frisch sind. Und außerdem sind es lateinische Buchstaben.

Das Gekritzel sieht unbeholfen aus. Manche Zeichen sind doppelt so groß wie ihre Nachbarn. Ulli buchstabiert:

"e s war do ri s   d I e ke tte   li…"

Von der einen auf die andere Sekunde wird ihm furchtbar heiß! Er hat das Gefühl, dass sein Herz stehen bleibt und hört das Pochen seines Blutes in den Adern.

Wie von einer Tarantel gestochen, steht er plötzlich auf den Beinen. Der Schmerz in seiner Schulter ist vergessen. Dann kniet er sich langsam wieder hin und bückt sich nach dem Brillenglas. Mit dem bloßen Auge sieht er die Fingerabdrücke auf der merkwürdig abgerundeten Scheibe. Damit könnte die Botschaft geschrieben sein.

Er hält einen Moment inne, hebt das Glas mit seinem Taschentuch auf und verstaut es vorsichtig in seiner Jackentasche. Bevor er das Boot wieder besteigt, macht er mit seiner kleinen Digitalkamera, die er, ähnlich wie ein Notizbuch, immer dabei hat, ein halbes Dutzend Aufnahmen.

Zu Hause angekommen, zieht er seine Jacke gar nicht aus. Er ist zwar geschockt und aufgewühlt, aber auch zufrieden, dass seine Ahnungen sich bestätigt haben.

Er legt das Brillenglas vor sich auf den Tisch, holt sich ein Bier aus dem Kühlschrank und denkt nach. Die Flasche ist in wenigen Minuten leer. Er holt sich eine neue und dann noch eine weitere. Beruhigend ist das nicht. Er ist viel zu aufgewühlt, um im Alkohol Erleichterung zu finden. Am späten Nachmittag hat er sechs Flaschen Bier getrunken und ist noch immer stocknüchtern.

Er schaut auf seinen Block, auf dem er sich weitere Notizen gemacht hat. Manche sind mit einem Ausrufezeichen versehen!

Er ist in einem Dilemma. Wenn er Doris anzeigt, kann er seinen Geldesel abschreiben. Aber trotz aller finanziellen Vorteile möchte er nicht mehr allzu lange mit ihr zusammen sein. Er geht davon aus, dass sie ihren Mann ermordet hat; da will er nicht hineingezogen werden. Außerdem hat er in den wenigen Wochen festgestellt, dass sie doch recht einfach gestrickt ist. Sie stellt sich z.B. unter Freizeitaktivitäten häufig etwas ganz anderes vor als er. Dann drehen sich die Gespräche mit ihr immer wieder um Luxus und Ansehen. Pomp und Pracht scheinen sie zu faszinieren.

Im Zimmer ist es schon fast dunkel. Ulli steht auf; er hat sich entschieden.
 Er wird sie erpressen!
 So kann er zwei Fliegen mit einer Klappe schlagen.
 Er kommt endlich einmal zu viel Geld und sie wird, wenigstens finanziell, für ihr Verbrechen bestraft. Er redet sich ein, dass er der Gerechtigkeit hiermit einen Dienst erweist.

KAPITEL 8

Während er sich ein Ei in die Pfanne schlägt, klingelt das Telefon.

"Ulli, hast du mich vergessen? Ich habe Kuchen gekauft und warte auf dich."

"Ach Doris, ich weiß nicht, wo mir der Kopf steht, ich habe doch die Zwischenprüfung, und ich muss noch ein halbes Buch durchackern. Es tut mir leid, ich schaffe es heute nicht. Ich rufe dich morgen an."

Er möchte diese Frau heute einfach nicht sehen, denn intuitiv weiß er, dass er nicht mit seinem Herz dabei wäre, und er will sich nichts anmerken lassen. Er muss sich jetzt zusammennehmen, sich konzentrieren und einen wasserdichten Plan ausarbeiten. Er setzt sich wieder an den Tisch und brütet über sein Vorhaben.

Es ist spät geworden. Fast Mitternacht. Ullis Konzept steht. Er muss noch mal darüber schlafen, aber weiß jetzt schon, dass sein Plan genial ist.

In der Nacht hat er Albträume: Er wird von einem einäugigen Matrosen von einem Turm heruntergestoßen und ertrinkt im Meer. Der Horrortrip hört erst auf, als er schweißgebadet aufwacht.

Obwohl er nur einige Stunden geruht hat und es noch dunkel ist, steht er auf und macht einen langen Spaziergang durch die Stadt. Alles liegt unter einer nebligen Dunstglocke, auf der Straße ist niemand zu sehen, nur die ersten Zeitungsausträger sind schon unterwegs. Er atmet die schwarze Luft und betrachtet die dunklen Schaufenster, die weihnachtlich dekoriert sind.

Obwohl ihm kalt ist, hat er das Gefühl, dass dieser

merkwürdige Bummel dazu beiträgt, sich langsam abzureagieren. Um sechs Uhr ist er wieder zu Hause. Er legt sich ins Bett und schläft, bis es Tag wird.

Am Nachmittag meldet er sich, wie versprochen, bei seiner Freundin.

"Doris, ich muss mich jetzt eine Weile um meine Arbeit kümmern, sonst wird's nichts mit meinen Scheinen." Sie äußert ihren Unmut recht diplomatisch und gibt vor, Verständnis für seinen Fleiß zu haben.

Auch am nächsten Tag fällt ihm wieder eine gute Entschuldigung ein, aber sie schmollt und reagiert schon ein wenig ungehalten.

"Weißt du Ulli, ich kann nachempfinden, dass du umsetzen willst, was du dir vorgenommen hast, aber wenn du mich liebst, musst du auch ein wenig an mich denken. Morgen geht doch alles klar? Ich habe auch eine Überraschung für dich!"

"Aber selbstverständlich, Doris, ich bin spätestens um vier bei dir." Er hat es fast vergessen; morgen ist Heiligabend. Er muss noch irgendetwas für Doris besorgen.

In einem Antiquitäten-Laden ersteht er einen alten silbernen Ring mit einem grünen Stein. Der Verkäufer labert etwas von seiner Leidenschaft zu Unikaten und vom Erwerb des Ringes, der aus uraltem gräflichen Familienbesitz stammt. Das Schmuckstück ist nicht billig, aber letztendlich hat er in den letzten Monaten kaum Ausgaben gehabt, und er will sich erkenntlich zeigen. Er lässt das Geschenk schön einpacken.

Pünktlich schellt der Student an der Tür. Doris öffnet und fällt ihm um den Hals. Sie trägt einen tiefblauen Hosenanzug mit dem seidenen gelben Schal, den er ihr bei ihrem ersten Wochenendausflug geschenkt hatte.

"Ulli, Liebster, das war viel zu lange; ich habe mich so nach dir gesehnt. Das darfst du mir nicht mehr antun."

Er küsst die top-gestylte und offensichtlich frisch frisierte blonde Frau und macht die bereitgestellte Flasche Moet & Chandon auf.

Sie schauen sich an, prosten sich zu und trinken.

Ullis frühere Freundin Olga hat ihm ein russisches Sprichwort beigebracht, das er bei dieser Gelegenheit anbringt „Trinken ohne Trinkspruch ist Trinksucht."

Doris stimmt ihm sofort zu: "Da hast du Recht: Trinken wir auf die Liebe!"

"Auf die Liebe", erwidert ihr Gegenüber, und ergänzt im Stillen: "… und auf die Moneten!"

Sie lotst ihn in die Ecke des Wohnzimmers. Hier steht ein kleiner, künstlicher Weihnachtsbaum auf einem Beistelltisch. Davor liegen zwei rote Umschläge. Ulli legt sein Päckchen dazu.

"Du zuerst", sagt sie. Er macht das kleinere Kuvert auf und findet einen Haustürschlüssel.

"Der ist für dich", raunt Doris ihm zu, "damit du zu jeder Zeit hier reinkannst. Und außerdem kannst du dann hier lernen. Ich habe das Arbeitszimmer frei gemacht, und ich störe dich auch nicht, wenn du dich konzentrieren musst. Aber so habe ich dich wenigstens in der Nähe. Du kannst dann auch dein Zimmer in der Stadt kündigen."

Der Student ist zwar positiv überrascht über das Vertrauen, das Doris in ihn setzt, aber auch entsetzt, weil er sich gar nicht vorstellen kann, bei ihr zu wohnen. Die Aufgabe seines Zimmers wäre eine krasse Beschneidung seiner persönlichen Freiheit. Schlau wie er ist, beherrscht er sich, dankt ihr und gibt ihr einen Kuss.

Der Ring gefällt Doris sehr. Nachdem Ulli die Hintergrundgeschichte erzählt hat, ist sie hellauf begeistert.

"Weißt du, von welchem Grafen er stammt? Kannst du dahinterkommen? Das ist doch wirklich etwas Besonderes. Und er passt auch noch genau!"

Er verspricht, nochmals mit dem Kaufmann zu sprechen und öffnet den zweiten Umschlag. Auch hierin befindet sich ein Schlüssel.

Es ist ein Autoschlüssel!

Er erkennt das blau-weiße BMW Emblem sofort. Sein Herz macht einen Sprung. Er wagt nicht zu atmen.

"Wa … was soll denn das?", stottert er nicht sehr charmant.

"Das ist dein Autoschlüssel. Der Wagen steht in der Garage. Komm mit!"

Der junge Mann ist vollkommen verdattert beim Anblick des schnittigen Sportwagens. "Aber Doris, das geht doch nicht. Ich habe doch ein Auto. Das kann ich nicht annehmen."

"Natürlich kannst du das annehmen: Dein Auto ist nun wirklich nicht mehr aktuell.

Du hast doch neulich noch gesagt, dass es nicht mehr so gut beschleunigt. Und vorige Woche sprang der Motor nicht an.

Wie viel Kilometer sind denn überhaupt drauf?"

"Na, so hundertsiebzigtausend ungefähr, aber der ist noch gut in Schuss."

"Umso besser, dann kannst du ihn noch gut verkaufen. Ich habe Bernds Wagen auch verkauft, weil ich ihn dir nicht geben wollte. Da würden die Leute sich doch nur die Mäuler zerreißen."

Ulli drückt sie ganz fest und sagt: "In meinem ganzen Leben habe ich noch nie ein solches Geschenk bekommen. Ich danke dir. Ich danke dir vielmals!"

Wie kann er diesen Spagat bloß hinkriegen?

Irgendwie fühlt er sich schäbig, weil es ihm bewusst

wird, dass er noch mehr von ihr will. Noch viel, viel mehr!

Am ersten Weihnachtstag besucht er seine Eltern. Im Augenblick, als er aus der Tür des tiefliegenden neuen Autos krabbelt, kommt seine Mutter mit dem Mülleimer aus der Tür. Sie ist schon fast bei der Tonne, als sie Ullrich entdeckt. "Liebling, ist das schön, dass du da bist. Ich freue mich riesig! Was ist denn das für ein Auto? Ist deins denn kaputt?"

"Nee Mutti, das ist ein Weihnachtsgeschenk von meiner neuen Freundin."

"Ist ja toll, da hat sie sich aber in Unkosten gestürzt. Kenne ich die Dame?"

"Weiß ich nicht Mutti, aber Vater kennt sie."

Zurück im Haus macht sie ihren Ehemann mit diesen Neuigkeiten vertraut: "Stell dir mal vor, der Ulli hat von seiner neuen Freundin ein Auto zu Weihnachten geschenkt bekommen!"

Burke schaut aus dem Fenster und sieht den BMW. Die Überraschung ist groß. Er geht raus und begrüßt seinen Sohn:

"Ist das wahr? Kenne ich deine Freundin?"

Ulli schaltet schnell. Früher oder später kommt es doch heraus. Es hat keinen Sinn, ihn hinzuhalten.

„Ich glaube schon; sie heißt Doris Heller."

„So, so, da hat mein Sohn sich an die reiche Erbin rangemacht!" Wie zu erwarten war, hat sein Vater ihn schnell durchschaut.

Dem Senior ist nicht wohl bei dem Gedanken, dass sein Sohn jetzt mit der Witwe des Industriellen zusammen ist. Insgeheim denkt er: „Ich hätte die Finanzen von Frau Heller damals nicht so ausposaunen sollen. Ich kenne Ullrich doch. Der Junge reist gerne, liebt den Luxus und ein bequemes Leben. Wenn ich mir überlege, wo er schon überall in der Welt war. Von meinem monatlichen Scheck hat er sich das auf jeden Fall nicht leisten können. Hätte ich mich bloß durchgesetzt. Vielleicht wäre alles ganz anders gelaufen. Aber seine Mutter wollte ihn ja unbedingt weiter verwöhnen."

Ulli ist erregt. „Ich habe mich nicht rangemacht. Wir haben uns beim Golf kennengelernt und dann hat sich das eben so entwickelt."

"Ach, der Herr spielt nun auch schon Golf, kein Wunder, dass du nie mit deinem Studium fertig wirst. Besuchst du nebenbei gelegentlich auch noch Vorlesungen?"

Ulli reagiert gereizt. "Ja, kann ich mir denn nicht mein eigenes Leben so langsam selbst gestalten? Musst du mir da immer hineinreden? Ich weiß schon, was ich tue; ich bin alt genug." Es wird wenig gesprochen, während die drei Kaffee trinken.

Ulli unterbricht die unangenehme Stille und lobt seine Mutter: "Deine Schokoladenplätzchen sind wie immer große Klasse."

"Schön, mein Sohn, dass sie dir immer noch schmecken. Wenn wir uns gegenseitig schon keine Weihnachtsgeschenke geben, will ich doch wenigstens ein bisschen Weihnachtsstimmung im Haus haben. Deshalb habe ich auch überall Sterne aufgehängt."

Obwohl ihn seine Mutter bittet, zum Abendessen zu bleiben, gibt Ulli vor, bereits eine Verabredung zu haben. Sie begleitet ihn zur Tür.

"Du kannst sie ruhig einmal mitbringen, deine Freundin. Ich habe nichts dagegen."

Er fährt in seine Bude, zieht dünne Wollhandschuhe an und entwirft sein erstes Schreiben an Doris:

"Wir wisen Bescheid - du hast deine Mann umgebracht – es kostet 500.000 Euro wenn du nichts in den Gefängnis gehen wollen. Wir melden uns wieder sehr bald!"

Obwohl er gehört hat, dass man die Druckerschrift nicht wie bei einer Schreibmaschine identifizieren kann, druckt er den Brief auf einem alten Drucker, der noch im Keller steht. Den kann er entsorgen, wenn er ihn nicht mehr benötigt.

Er druckt außerdem zwei Bilder aus, die er unten an den Klippen gemacht hat, und fügt sie dem Schreiben bei. Das eine zeigt das Brillenglas und den Felsen im Hintergrund. Das zweite ist eine Nahaufnahme von dem Gestein mit den Worten: "Es war Doris!"

Nach längerem Überlegen hat er den restlichen Teil des Satzes „die kette li…" abgeschnitten, da er mit dem Wort im Zusammenhang mit dem Mord nichts anfangen kann. Obwohl die Fotos schwarz-weiß und auf normalem Kopierpapier gedruckt sind, kann man alles einwandfrei erkennen.

Bei der kleinen, intimen Sylvesterfeier mit seiner Geliebten ist er nicht ganz bei der Sache. Der leichte Druck in seiner Stirn hat sich in rasende, hämmernde Kopfschmerzen verwandelt. Er verabschiedet sich kurz nach Mitternacht mit dem Hinweis, dass alle herkömmlichen Präparate bei ihm nicht anschlagen würden, er aber daheim ein wirkungsvolles Mittel habe. Auf dem Rückweg wirft er den Brief mit den Bildern ein.

Zwei Tage hört er nichts von Doris. Da dies sehr außergewöhnlich ist, ruft er sie an. Sie will gar nicht von ihm wissen, ob es ihm wieder bessergeht. "Ach Ulli, mir geht's so schlecht. Jetzt habe ich solche Kopfschmerzen. Ich … ich … na ja, … ich habe … eh … Probleme."

"Kann ich dir helfen?"

"Nein … das kannst du nicht. Oder … vielleicht kannst du doch? Ich weiß es nicht, ich weiß gar nichts mehr …"

Ulli fährt zur Villa, öffnet die Tür mit dem neu erworbenen Schlüssel und tritt ein. Seine Freundin sitzt wie ein Häufchen Elend auf der Couch. Ganz gegen ihre Gewohnheit ist sie nicht geschminkt, ihre Augen sind matt. Jetzt sieht sie älter aus als sie in Wirklichkeit ist.

Der ihm wohlbekannte Umschlag liegt vor ihr auf dem Tisch.

"Ulli, was soll ich bloß machen. Ich werde erpresst. Hier, lies das mal!"

Er liest die Epistel andächtig durch, schaut sich die Bilder an und sagt: "Klarer Fall, du solltest zur Polizei gehen."

"Nein, nein, das geht nicht", schreit sie ihm ins Gesicht. "Keine Polizei, ich kann doch gar nicht beweisen, dass ich es nicht war!"

"Das brauchst du auch nicht. Vielleicht hat derjenige, der dir so zusetzt, das selbst auf den Fels geschrieben. Die müssen beweisen, dass du es warst, und wenn du nichts damit zu tun hast, brauchst du dir doch keine Sorgen zu machen."

"Mache ich aber doch! Schau dir doch mal die Bilder an. Siehst du das Glas? Das ist wahrscheinlich von seiner Brille, denn da fehlte eins bei den Sachen, die ich von der Polizei bekam. Und wenn da jetzt seine Fingerabdrücke drauf sind?"

"Na ja, man darf doch seine eigenen Abdrücke auf seiner eigenen Brille haben. Das finde ich nicht ungewöhnlich. Man kann bestimmt feststellen, dass die Schrift nicht von ihm stammt."

"Nein, nein Ulli, das gefällt mir alles nicht! Dann gibt's

wieder eine Untersuchung. Dann wird in der Stadt geklatscht. Das halte ich nervlich nicht aus."

"Was willst du dann machen?"

"Ich schaue mir den Fels einmal an, ich will sehen, ob das stimmt. Ob die Schrift wirklich vorhanden ist. Begleitest du mich? Hast du morgen Zeit?"

"Klar Doris, aber wir wissen gar nicht genau, wo es passiert ist."

"Ach so … ja, ja ... das stimmt. Nun, dann fragen wir eben die Leute, die ihn gefunden haben."

"Gut", antwortet Ulli, "das übernehme ich, ich frage den Fischer. Hast du Appetit? Sollen wir eine Kleinigkeit essen gehen?"

"Nein Ulli, ich bekäme keinen Bissen herunter. Ich glaube, ich jogge nachher eine Runde. Vielleicht tut mir die frische Luft gut."

Ulli verabschiedet sich und parkt in der nächsten Straße zwischen zwei Autos. Hier hat er einen guten Blick auf die Villa. Er will Gewissheit, will sicher sein. Er glaubt zu wissen, wohin Doris laufen wird. Aber er täuscht sich. Sie läuft gar nicht, sondern fährt nach nur wenigen Minuten aus ihrer Einfahrt in Richtung Klippen. Ulli folgt in sicherer Entfernung. Auch wenn sie nicht gelaufen ist, er hat sich in ihrem Ziel nicht geirrt.

Weit von der Straße in einem kleinen Waldweg findet er einen geschützten Platz für seinen Wagen und folgt ihr die letzten fünfhundert Meter auf einem Reitweg.

Dann sieht er Doris. Sie steht genau da, wo der Weg zum Leuchtturm anfängt und schaut aufs Meer hinaus. Nervös läuft sie ein wenig nach links und dann wieder nach rechts und versucht, einen Blick auf die Felsen unten am Wasser zu werfen.

Ulli hat genug gesehen und rennt zurück zum Auto.

Seine letzten Zweifel sind beseitigt. "Sie war's, sie ist eine eiskalte Mörderin!"

Noch in der gleichen Woche fahren die beiden mit dem Boot von Ullis Kumpel raus. Frank wundert sich schon ein wenig. "Schon wieder eine Pläsierfahrt. Willst du einen versunkenen Schatz heben, oder willst du Land an der Küste kaufen? Kannst du dir jetzt wohl leisten mit der neuen Freundin!"

Der Student hat am Vortag den schweren Felsbrocken so platziert, dass die sichtbare Schrift identisch mit dem Bild ist, das Doris zuging. Er möchte erst wissen, was es mit der Kette auf sich hat, bevor er sein komplettes Wissen preisgibt.

Ulli steuert zielsicher auf die Felsen zu. "Der Fischer hat gesagt, dass es hier irgendwo sein muss."

Er macht das Boot fest und entledigt sich seiner Schuhe und Socken. Das Boot zieht er so weit aufs Land, dass seine Freundin trockenen Fußes die Felsenlandschaft betreten kann. "Na, dann gehen wir mal auf Spurensuche."

Er hat eine Kopie des Bildes aus dem Erpresserschreiben angefertigt und drückt sie ihr in die Hand.

„Am besten fängst du da rechts bei dem trockenen Baum an. Ich gehe dann rüber zur Spitze, und dann arbeiten wir aufeinander zu. Der Fels müsste so anthrazitfarben sein wie dieser hier", fügt er hinzu und zeigt auf die Formation zu seinen Füßen.

"Wie kannst du das sehen? Ist doch nur ein Schwarz-Weiß-Bild!"

Ulli schluckt kurz: „Weißt du, ein Fotograf kann das an den Grautönen eines Bildes feststellen."

„Ah ja, Bernd hat auch immer solche Sachen gebracht, ich verstehe nichts davon."

„Der Bernd bringt mir noch viel mehr ein", denkt sich

der junge Mann und gibt vor, seinen Teil genau zu untersuchen.

Nach relativ kurzer Suche ruft Doris: "Schau mal, hier könnte es doch sein?"

Sie vergleicht das Bild mit der kleinen Felsenformation. Ulli schaut ihr über die Schulter. "Du hast Recht, das ist die Stelle. Nun müssen wir den Text noch finden."

Er stellt sich so tapsig an, dass nicht er, sondern sie die Schrift findet. Sie liegt dabei genauso am Boden wie er damals. "Du, ich hab's gefunden." Sie vergleicht jetzt die Kopie genau mit dem Gekritzel am Felsen und steht langsam auf.

"Das brauchen wir doch nur abzukratzen; das müsste man mit einer Feile oder etwas Ähnlichem wegbekommen."

"Das stimmt schon, aber dein Problem ändert sich dadurch nicht wesentlich. Wenn der Erpresser die Bilder wirklich der Polizei übergibt, ist das für sie kinderleicht, die Stelle zu finden. Und wenn sie feststellen, dass etwas weggekratzt ist, wird die Angelegenheit für unsere Freunde und Helfer erst richtig verdächtig."

"Ja, du hast Recht. Ulli, was soll ich bloß machen?"

"Ich weiß es auch nicht, Doris. Ich denke darüber nach. Wir fahren jetzt zurück, denn du weißt ja, dass ich mich später noch mit Kumpels von der Uni treffe."

Am Hafen gibt er ihr einen schnellen Kuss. "Wenn mir noch etwas einfällt, rufe ich dich an."

Selbstverständlich fällt ihm nichts ein, und der Anruf von Doris am nächsten Tag kommt wie erwartet. "Ich habe mir alles noch einmal durch den Kopf gehen lassen, ich glaube, ich zahle. Dann habe ich meine Ruhe!"

"Doris, ich komme heute Abend zu dir, dann besprechen wir das alles in Ruhe. Wir sollten nichts Übereiltes tun. Vielleicht melden die sich gar nicht mehr".

Jetzt weiß er, dass sie nie zur Polizei gehen würde, und formuliert das zweite Schreiben:

"Wir haben dir und dein Freund gesehen bei felsen an Wasser und habe fiele schöne Fotos aufgenohmen. Du müssen das Geld in 3 Tage besorgen. Nur Scheinen von 50 und 100 Euro! Weiteren Instructionen folgen!

Auf dem Weg zur Villa wirft er den Brief ein.

Doris erwartet ihren Freund schon sehnsüchtig. Unruhig rennt sie hin und her. "Ulli, hast du vielleicht eine bessere Idee? Ich kann dem Typen doch nicht mein Geld in den Rachen schmeißen. Was ist, wenn er noch mehr will?"

"Nein, da bin ich überfordert. Hoffen wir, dass es nur ein Spaß war und die Leute sich nicht mehr melden."

Der Abend verlief nicht so harmonisch wie sonst. Er blieb die Nacht über bei ihr, aber Doris war zu aufgewühlt, um sich abreagieren zu können.

Als er nach dem Frühstück noch kurz in die Zeitung schaut, kommt seine Freundin blass und aufgebracht ins Wohnzimmer. In der linken Hand hat sie ein paar Briefe und Werbebotschaften, während sie in der anderen Hand einen einzigen Umschlag hält.

"Das ist der Scheißkerl wieder. Ich weiß es. Der andere Brief sah genauso aus!"

Wütend reißt sie das Kuvert auf und liest die neue Botschaft. Sie sinkt erschüttert auf die Couch und heult vor Wut.

"Wenn ich den Burschen in die Hände bekomme …"

"Vielleicht ist es gar kein Mann, es kann ja auch eine Frau sein", merkt Ulli an.

"Hast Recht, es könnte auch eine ganze Bande sein. Ich hab's dir gestern schon gesagt, und ich bleibe dabei: Ich zahle und hoffe, dass die Sache dann erledigt ist."

"Es ist dein Geld, du musst schon wissen, was du tust. Ich habe leider auch keine andere Lösung anzubieten. Die grammatikalischen Fehler könnten auf einen Russen hindeuten. Du weißt ja, dass ich mal eine russische Freundin hatte; sie sprach ganz gut deutsch und machte ähnliche Fehler. Hast du den Bericht über die russische Mafia neulich gelesen? Sie investiert zunehmend Gelder aus kriminellen Geschäften in Deutschland."

"Russenmafia?", fragt sie ängstlich. "Damit möchte ich wirklich nichts zu tun haben. Neulich beim Friseur habe ich mal etwas über sie gelesen. Sie sollen besonders brutal und geldgierig sein und räumen angeblich jeden aus dem Weg, der nicht spurt. Nein Ulli, da zahle ich lieber."

"Gut, hoffentlich klappt's und du hast Glück."

"Es ist besser Glück zu haben als ein guter Mensch zu sein", erwidert sie. „Den Spruch habe ich von meinem Vater, und der war, weiß Gott, kein guter Mensch!"

Am frühen Vormittag ruft sie die Bank an und bittet um Bereitstellung des Geldes. Der Angestellte nimmt den Auftrag ein wenig erstaunt entgenen, aber sagt ihr die Summe für den nächsten Tag zu. Einige Minuten später klingelt das Telefon:

"Guten Tag Frau Heller, hier spricht Burke. Ich erfuhr gerade, dass Sie eine recht große Summe in bar benötigen. Können wir das Geld nicht anweisen?"

"Geht leider nicht, Herr Burke, es ist eine Transaktion, für die ich Bargeld benötige."

"Nun gut, wenn Sie meinen. Ist alles in Ordnung bei Ihnen?"

„Ja, vielen Dank Herr Burke, es geht mir langsam besser."

Es wird nicht über Ullrich gesprochen, obwohl beide wissen, dass der andere über die Situation informiert ist.

KAPITEL 9

Der dritte Brief kommt drei Tage später an:

"Bring das Geld mit dein Auto in Schwarze tüte an SONNTAG um 21 Ühr zu die Stelle wo du dein mann gestossen hast. Warte bis einen Knall komt, dann werfe die tüte von Fels nach unten. Komme allein. wenn nicht, Polizei kommt zu dich"

Ulli fährt sofort nach Doris´ Anruf zur Villa. Er findet sie auf der Couch. Sie hält ihre Arme übereinandergeschlagen, um ihre sorgfältig manikürten, aber stark zitternden Hände zu verbergen.

Ulli nimmt sie in den Arm. „Ja Liebste, jetzt ist es bald so weit. Willst du immer noch zahlen, oder vielleicht doch die Polizei einschalten?"

"Ich mag das Wort Polizei nicht mehr hören. Wir ziehen das jetzt durch. Hol uns doch mal ein paar Flaschen aus dem Keller. Ich möchte mich besaufen, dann denke ich wenigstens nicht mehr ans Geld!"

„Auch gut", denkt sich ihr Gefährte: „Das ist eben ein Privileg des Reichtums."

Obwohl er seine Stadtwohnung nicht aufgegeben hat, nimmt sich Ulli vor, die nächsten Tage in ihrer Nähe zu bleiben, um unangenehmen Überraschungen vorzubeugen.

Am Sonntagabend fährt die Witwe rechtzeitig mit dem Geld - in einem doppelten schwarzen Müllsack verpackt - zu den Klippen. Der Mond hängt silbern und kräftig am Firmament.

Ullrich folgt in sicherer Entfernung und parkt wieder

beim Reitweg. Der Böller, den er um Punkt neun anzündet, macht einen Höllenkrach.

Das Echo hallt noch von den Dünen wider. Er entfernt sich schleunigst und fährt zurück zur Villa.

Als Doris zu Hause eintrifft, sitzt er im Hausanzug vorm Fernseher und schaut sich eine Sportübertragung an.

"Ach Liebste, da bist du ja. Hat alles gut geklappt? Ich war so nervös, da habe ich den Fernseher angemacht."

"Ja, es hat funktioniert, ich hatte aber eine Riesenangst. Ich dachte, dass die mich erschießen. Der Knall war so laut! Ich bin froh, dass ich es hinter mir habe. Jetzt trinken wir eine gute Flasche und hoffen, dass die Sache für immer ausgestanden ist."

Beim Frühstück am nächsten Morgen meint sie: „Tennis spielen kommt mir heute nicht so gelegen, ich habe Kopfschmerzen."

"Die Schmerzen bekommst du am besten weg, wenn du dich bewegst.

Und abgesehen davon, du musst dich jetzt benehmen wie immer. Deinen gewohnten Tagesrhythmus solltest du nicht ändern! Wenn du willst, treffen wir uns nach dem Tennis in der Kneipe, wo ihr immer hingeht."

"Du hast schon Recht, ich gebe mich geschlagen. Das mit der Kneipe ist eine gute Idee, dann kannst du endlich meine beste Freundin einmal kennenlernen."

Nur wenige Minuten nachdem Doris gegangen ist, fährt der junge Mann zum Hafen.

Frank, der Besitzer des Boots, hat sich schon ein wenig lustig gemacht über Ullis erneuten Ausflug. "Wenn du schon keine Vorlesungen belegst, kommst du wenigstens an die frische Luft."

Beim Felsen angekommen, bleibt sein Herz beinahe

stehen. Er sieht den Sack nicht.

Er steigt aus dem Boot und sieht immer noch nichts. Die Wellen rollen schräg heran und überschlagen sich, ähnlich wie die Ereignisse in den letzten Tagen. Er spürt, dass ihm das Blut zum Kopf steigt.

Dann … endlich, bemerkt er die Tüte zwischen zwei Felsen. Er klopft sich in Gedanken auf die Schulter. "Gut, dass ich eine solche Schutzfarbe verlangt habe. Den Beutel hätten die Fischer auch mit einem Fernglas nicht entdeckt."

Er lädt das Geld ins Boot, holt sich im Hafen eine Zeitung und sitzt kurz nach zehn in der Kneipe.

Nach etwa zwanzig Minuten stoßen die beiden Damen zu ihm.

"Pauline, darf ich vorstellen: Dies ist Ullrich. Ulli, diese junge Dame ist meine Freundin Pauline."

"Schön, Sie endlich kennenzulernen. Doris hat mir schon viel von Ihnen erzählt. Sie kennen sich schon recht lange, glaube ich."

"Schon seit dem Kindergarten."

"Das war vor gut zwanzig Jahren", wirft Doris nervös kichernd ein.

"So lange schon?", albert die schlanke Brünette.

An diesem Tag übernachtet Ulli in der Villa. Unter einem Vorwand fährt er am Tag darauf wieder in seine eigene Bude. Er geht relativ früh schlafen und stellt den Wecker auf zwei Uhr.

Beim ersten Klingelton ist er aus dem Bett. Er wickelt das Geld in dickes imprägniertes Papier ein, verschnürt das Paket und steckt alles in einen kleinen verschließbaren Metallkoffer, den er zu diesem Zweck online ersteigert hat. Momentan braucht er das Geld nicht, und in seiner Wohnung ist es ihm nicht sicher genug.

Der Nachthimmel ist mondhell. Er parkt den Wagen an

der gleichen Stelle, an der er vor einigen Tagen das kleine Feuerwerk veranstaltet hat.

Nach gut 200 Metern Fußmarsch über einen kleinen Trampelpfad biegt er vom Weg ab und vergräbt den metallenen Behälter tief im lockeren Sand des Nadelbaumwäldchens. Da es an dieser Stelle keine markanten Anhaltspunkte gibt, macht er sicherheitshalber eine kleine Skizze, fährt zurück in seine Wohnung und bildet sich ein, den Schlaf der Gerechten weiterzuschlafen.

Auch am nächsten Tag übernachtet Ulli wieder in seiner Bleibe. Doris ist sich bewusst, dass der erotische Zauber sich ein wenig gelegt hat, aber sie möchte trotzdem mit Ullrich zusammenbleiben. Der Mann kennt ihre Geschichte und ahnt unter Umständen, dass sie doch mehr mit der Sache zu tun hat, als sie vorgibt. Außerdem sieht er einfach fantastisch aus. Sie hat die Blicke von Damen jeden Alters, die Ulli beäugen, sehr wohl bemerkt. Sie selbst steht jetzt häufiger vor dem Spiegel und betrachtet sich kritisch.

Anfang Februar spielen Doris und Pauline Tennis in der Halle. Da Pauline nach der Tennisstunde sofort nach Hause muss, setzt Doris sich allein an einen Ecktisch und bestellt den obligatorischen Kaffee sowie ein Stück Apfeltorte.

Es sind keine anderen Tennisspieler da, also blättert sie in einigen ausgelegten Zeitschriften und macht sich über das "Wer mit wem und warum" in der Prominentenwelt kundig.

Gerade als sie aufbrechen will, tritt eine Dame ein. Doris kennt sie. Sie zählte immerhin zu ihren treuesten Kunden während ihrer Kosmetikkarriere. Aber sie weiß auch, was für eine Klatschtante diese Frau ist.

Schon steuert diese Person auf ihren Tisch zu und ruft

laut: "Guten Tag, Frau Heller, ich freue mich Sie zu sehen, wie geht es Ihnen nach dieser furchtbaren Geschichte?"

Der Kellner blickt die beiden Damen über seine Brille jetzt aufmerksam an.

"Es geht ganz gut, Frau Wust. Das Leben muss weitergehen." Sie hasst diese stereotype Antwort langsam selbst, aber ihr ist bisher nichts Besseres eingefallen.

Sie zahlt und steht auf, denn sie weiß, wenn sie Frau Wust bittet, Platz zu nehmen, kommt sie nicht mehr von ihr los.

Der Kellner, der sie bedient hat, ein hagerer, älterer Mann, öffnet die Tür für sie und sagt leise: "Mein Beileid noch, Frau Heller."

"Ich danke Ihnen", sagt sie etwas verwundert und schickt sich an weiterzugehen.

"Ich bin der Eugen", sagt der Mann. "Ich bin Saisonarbeiter. Wenn beim Fischen nichts los ist, suche ich mir eine andere Arbeit. Und wenn's nur für ein paar Stunden ist. Ich habe damals Ihren Mann entdeckt!"

"Ah, Sie sind das. Ich habe Ihren Namen schon gehört. Wie ist denn Ihr Nachname?"

"Nicht so wichtig. Den habe ich schon beinahe vergessen. Die ganze Welt nennt mich Eugen. Ja, ja der schreckliche Unfall. Sie sind also die Frau von diesem armen Mann. Haben Sie sich die Stelle auch angesehen, an der das Unglück passiert ist?"

"Wieso auch angesehen? War da noch jemand?"

"Ich meine den jungen Mann, der im Dezember bei mir war. Der wollte doch so genau wissen, wo es passiert ist."

"Ach ja, den habe ich gebeten, das herauszufinden. Das war sozusagen ein letzter Abschied von meinem Mann. Das war Anfang des Jahres."

"Nee, nee, das war am 20. Dezember. Ich weiß es deshalb so gut, weil ich Geburtstag und eigentlich frei hatte.

Ich musste dann zum Schiff, um Papiere zu holen. Da hat er mich besucht. Ich weiß zwar meinen Nachnamen kaum noch, aber meinen Geburtstag vergesse ich nicht."

Es läuft ihr heiß und kalt über den Rücken. Doris ringt ein wenig nach Atem.

"Also doch die Polizei! Die haben den Fall gar nicht zu den Akten gelegt: Die haben sie in Sicherheit gewogen und weiter ermittelt."

Sie bedankt sich ein wenig abwesend beim Fischer und begibt sich zum Parkplatz, während sie weiter überlegt: "Merkwürdig, ein junger Mann! Den Polizisten, der damals bei ihr war, kann man doch nicht mehr als jungen Mann bezeichnen. Der war bestimmt schon Anfang vierzig!"

Während sie in ihrer Handtasche nach dem Schlüssel sucht, bemerkt sie ihre Brieftasche. Sie dreht sich auf der Stelle um und läuft die paar Schritte zurück zum Café. Eugen steht noch beim Eingang und sortiert die Zeitungen, die er auf die Haken an der Tür hängt.

"Entschuldigung, Herr Eugen, ist dies der Mann, der am 20. Dezember bei Ihnen auf dem Boot war?" Sie öffnet die Brieftasche und zeigt das Foto von Ulli, das sie bei ihrem ersten Ausflug aufgenommen hat.

"Das ist er. Der war an meinem Geburtstag bei mir. Den würde ich überall wiedererkennen. Ein hübscher Bengel, nicht wahr? Ist das Ihr Sohn?" Obwohl sie beleidigt ist, hört sie über die Bemerkung hinweg.

"Ja genau, das ist er", nuschelt sie, und macht sich wieder auf den Weg.

Im kleinen Park neben dem Parkplatz setzt sie sich auf eine Bank und macht sich Gedanken: "Ich blicke absolut nicht mehr durch. Ulli hat sich lange vor Weihachten nach der Unfallstelle erkundigt und vor einigen Tagen so getan, als ob er sie nicht kannte."

Ihre Gedanken kreisen und kreisen unaufhörlich, aber sie kommt nicht weiter. Sie muss mit Ulli reden. Vielleicht gibt's eine ganz einfache Erklärung. Hauptsache ist erst einmal, dass es nicht die Polizei war, die sich erkundigt hat.

Als sie die Tür aufschließt, steht Ulli schon in der Küche. Er war für seine Verhältnisse fleißig und hat einen kleinen Salat gemacht. Er gibt ihr einen schnellen Kuss: "Zum Salat kommen noch Putenstreifen. Die brate ich noch schnell."

Nach dem Imbiss räuspert sich Doris. "Ich muss mal etwas mit dir besprechen. Da ist eine Sache, die ich nicht ganz verstehe."

"Nur zu, hübsche Frau", antwortet er, "was gibt's?"

"Du hast doch damals diesen Fischer gefragt, wo die Stelle bei den Felsen sei, an der Bernd heruntergefallen ist?"

„Ja, habe ich."

„Diesen Mann - Eugen heißt er - habe ich heute getroffen. Er behauptet, du hättest ihn schon vor Weihnachten gefragt, aber wir haben doch erst nach dem Drohbrief beschlossen, dorthin zu fahren. Und der kam doch erst im neuen Jahr."

„Wieso hast du den Mann getroffen? Was willst du von ihm?"

„Das spielt doch gar keine Rolle, Ulli. Das war Zufall."

„Dann ... dann ... eh ..., dann hat der arme Fischer sich eben geirrt. Ich habe ihn erst gefragt, nachdem du mich gebeten hast."

„Er behauptet, du wärst an seinem Geburtstag da gewesen, und der war im Dezember."

„Tja, vielleicht hat er zur Feier des Tages ein wenig zu tief ins Glas geschaut. Das ist mir an meinem Ehrentag auch schon passiert." Doris lässt das Thema fallen, aber es bleibt ein starker Zweifel zurück.

KAPITEL 10

Beim nächsten Kaffeetrinken mit Pauline bleibt sie unter dem Vorwand, auf eine andere Bekannte zu warten, ein wenig länger im Café sitzen.

Nachdem ihre Freundin sich verabschiedet hat, spricht sie Eugen nochmals auf die Geschichte an.

Eugen wundert sich zwar, aber die Auskunft ist identisch mit seiner Schilderung vor einer Woche. Sie hat nicht den Eindruck, dass Eugen ein Trinker ist, sondern ein Mann, der mit beiden Füßen auf dem Boden steht.

Er ergänzt noch: „ Ich habe doch den Jungs von der Küstenwache noch einen ausgegeben, weil ich Geburtstag hatte. Die erzählten mir, dass sie den jungen Mann zum Boot rübergeschickt haben!"

Doris fährt schnurstracks zu dem kleinen Pavillon der Küstenwache. Der Streifenmann, mit dem sie sich kurz nach Bernds Ableben getroffen hatte, hat die Beine auf dem Tisch übereinandergeschlagen und verschlingt ein belegtes Brot. Es riecht nach Leberwurst.

„Guten Tag! Können Sie sich noch an mich erinnern? Mein Name ist Heller. Ich war damals nach dem Unglück meines Mannes bei Ihnen. Sie haben mir damals sehr geholfen."

„Aber selbstverständlich, Frau Heller. Wie könnte ich Sie vergessen haben", fügt er honigsüß hinzu.

„Können Sie sich noch an Eugens Geburtstag erinnern? Das war am 20. Dezember."

„Ob' s am zwanzigsten war, weiß ich nicht. Es war auf jeden Fall vor Weihnachten. Er hat eine gute Flasche holländischen Genever mitgebracht und einen mit uns getrunken. Die Flasche hat er bei uns gelassen."

„War das der gleiche Tag, an dem Sie diesen jungen Mann zu ihm rübergeschickt haben?"

Sie zeigt Ullis Bild, das sie aus ihrer Brieftasche angelt. „Ja, ja, das ist er. Ich kenne ihn, in der letzten Zeit habe ich ihn häufiger im Hafen gesehen. Er war mit einem Boot unterwegs, das er wahrscheinlich geliehen hatte, denn einen Liegeplatz hat er nicht. Die Leute, die einen festen Platz für ihr Schiff haben, kenne ich fast alle. Auf jeden Fall war er an dem Tag bei uns, das ist sicher."

„Wissen Sie denn, wie das Boot aussieht?"

„Tut mir leid, so genau habe ich mir das nicht gemerkt. Ich glaube, es war eine alte Jolle."

Doris senkt ihre Stimme. „Wissen Sie, es geht nämlich um eine Überraschung. Kann das, was wir besprochen haben, bitte unter uns bleiben?" Sie steckt ihm einen Fünfzig-Euro-Schein zu.

„Aber das ist wirklich nicht nötig, gnädige Frau. Für Sie mache ich das wirklich gerne", ergänzt er, wieder ein wenig schmalzig.

„Ach, dann stecken Sie es einfach in die Kaffeekasse. Dann haben Sie alle etwas davon."

„O.K., vielen Dank, auch im Namen der Kollegen." Er legt einen Finger an die Mütze, „und wenn Sie mal einen Wunsch haben, melden Sie sich bitte bei mir. Ich stehe immer zu Diensten."

Während Doris nach Hause fährt, überkommt sie eine heftige Wut. Sie ist halb benommen vor Zorn und innerer Anspannung. Sie mag Ullrich momentan absolut nicht sehen.

Sie hält bei einem verlassenen Sportplatz an, steigt aus und setzt sich auf einem Tribünenplatz in einen Plastiksessel.

„Verdammt, was soll denn das? Warum lügt ihr

Freund? Denn dass er lügt, ist ihr klar. Hat er etwas mit der Sache zu tun? Was hat er mit dem Boot gemacht? Was hat er gesucht? Wo war er? Im Winter macht man nicht zu seinem Vergnügen Meeresausflüge!"

Sie weiß noch genau, wie kalt es Anfang Januar war. Dass er unehrlich ist, ist sicher. Ob er auch ein Betrüger ist? Vielleicht arbeitet er sogar mit den Erpressern zusammen? Doris denkt lange nach und überlegt, was sie machen soll. Ihr ist kalt geworden. Sie steht auf, joggt fünf Runden um den Platz und geht zum Auto.

Zu Hause angekommen, findet sie auf dem Anrufbeantworter eine Nachricht von Ulli vor. Er kann sich diesen Abend leider doch nicht frei machen, wird sich am nächsten Tag aber bei ihr melden. Das ist der unsicher gewordenen Eva ganz recht. Sie kann in Ruhe weiter grübeln.

Ulli ruft am nächsten Abend an. Auf dem Anrufbeantworter ist nur die etwas herablassende Ansage von Doris zu hören:

„Guten Tag, hier ist Frau Heller. Ich bin momentan nicht zu erreichen. Danke für Ihren Anruf." Der sonst folgende Satz: „Sie können eine Nachricht nach dem Piepton hinterlassen", fehlt.

Ulli macht sich keine großen Gedanken, denn er hatte die Erfahrung gemacht, dass Doris den Anrufbeantworter häufiger einschaltet, wenn sie nicht zu Hause ist. Er merkt gar nicht, dass der Text abgeändert ist, denn er legt auf, bevor das Band zu Ende ist.

Doris, die anfänglich meinte, sie könne an gar nichts anderes mehr denken, beruhigt sich allmählich.
Am nächsten Tag verabredet sie sich wieder mit ihm.

Beim Abendessen in der Villa kommt sie „zufällig" auf seine Bude in der Stadt zu sprechen: „Du, die kenne ich überhaupt noch nicht. Wann lädst du mich mal ein?"

Dass er sein Stadtdomizil nicht aufgibt, ist inzwischen völlig klar geworden. Doris hat nicht mehr insistiert.

„Ach, weißt du, die ist so ungemütlich. Sie ist voll mit Büchern und Unterlagen. Und mein Herd ist nicht in Ordnung. Ich muss jemanden holen, der ihn repariert. Im Bad muss außerdem noch einiges gemacht werden. Nein, da lade ich dich lieber in ein Restaurant ein."

Eine solche Antwort hat Doris erwartet. „Er will nicht, dass ich in seine Wohnung komme. Was hat er zu verbergen?"

Doris ist sich ihrer investigativen Gaben sicher und beschließt, am nächsten Tag bei ihrer ehemaligen Arbeitsstelle vorbeizuschauen. Der Kosmetiksalon wurde vor einem Jahr umgebaut. Sie war damals zur Neueröffnung eingeladen, aber nach einem heftigen Streit mit Bernd hatte sie dann verzichtet.

Zwei ihrer alten Kolleginnen, Gaby und Heike, sind noch da und sie freuen sich, sie wiederzusehen. Während Gaby beschäftigt ist, setzt sie sich mit Heike in das gemütliche Aufenthaltszimmer hinter den Kabinen. Beide trinken einen Kaffee, der im Gegensatz zu ihrer Zeit nicht mehr manuell gemacht wird, sondern auf Knopfdruck aus einem Automaten kommt. Nach dem Austausch der Neuigkeiten bringt die ehemalige Kosmetikerin ihr Anliegen vor.

„Sag mal Heike, ist denn der Zindler noch Kunde bei euch? Ich meine den Mann, der diese Luxusautos und Motorräder verscherbelt."

"Nein, der kommt leider nicht mehr, seit wir umgebaut haben."

„Weißt du, ich habe ihn neulich getroffen, und er hat mir seine Karte gegeben, denn ich habe noch eine alte Harley Maschine von Bernd in der Garage. Dafür hätte er Interesse, sagte er. Nun habe ich die Visitenkarte verlegt.

Ich habe seine Telefonnummer nicht gefunden, und die Auskunft hat sie auch nicht."

Die Kosmetikerin zögert einen Moment: „Tja, ich weiß nicht, ob ich das darf. Andererseits ..., wenn er dir seine Adresse gegeben hat ..., warte mal, ich schaue in der Kartei nach." Nach wenigen Minuten ist sie zurück mit einem kleinen Zettel.

„Ob die Adresse aktuell ist, kann ich dir nicht sagen, aber vielleicht hast du mit der Handy-Nummer Glück."

Die beiden verabschieden sich und beteuern, sich bald wieder zu treffen.

Die Witwe fährt noch mal nach Hause und zieht sich auf Verdacht schon mal um. Minirock und eng anliegender Pullover. Sie kennt den Zindler.

Obwohl sie nie genau wusste, was der Mann eigentlich macht, war ihr vollkommen klar, dass sein Bentley, seine Rolex-Uhr und seine exorbitanten Trinkgelder nicht aus regulärer Arbeit stammen.

Sie dreht sich hin und her vor dem Spiegel und ist sich ihrer Wirkung bewusst. Witwenhaft wirkt sie absolut nicht mehr! Sie wählt die Nummer von Zindler. Es klappt! Obwohl er nur „ja" sagt, erkennt sie seine Stimme sofort.

„Hallo Herr Zindler. Hier ist Frau Heller. Sie kennen mich noch als Doris aus dem Kosmetiksalon."

„Ach ja, du bist es, Mädchen. Klar, erinnere ich mich. Du sahst immer am besten aus in dem Laden. Hast du nicht einen reichen Macker geheiratet?"

Er hat sie vom ersten Tag an geduzt, und Doris hat sich nie etwas daraus gemacht. „Ja, ich war verheiratet, mein Mann ist leider verstorben. Ich wollte etwas mit Ihnen besprechen. Wann hätten Sie mal Zeit für mich?"

„Für dich habe ich immer Zeit, Süße!"

„Würde es heute Nachmittag passen?"

„Na klar, kannst jederzeit kommen. Ich bin daheim. Hast du die Adresse? Ich gebe sie dir!"

„Nein", log sie. Sie wollte nicht, dass er auf die Idee kam, dass sie die Information aus dem Salon bekommen hat. Das war auch gut so, denn die Adresse, die er ihr jetzt gab, war nicht identisch mit der, die sie von Heike bekommen hatte.

„Gut, dann bin ich in einer Stunde bei Ihnen."

„Ist recht, Süße".

Die riesige Penthousewohnung ist eine einzige protzige Inszenierung.

Die Eingangshalle aus falschem Marmor. Der goldene Anubis auf dem schweren Perser, der mit den berühmten ägyptischen Hunden nur wenig Ähnlichkeit hat, lässt sie schaudern.

Die wuchtigen Möbel, die sich von der unteren Ebene bis zum nächsten Zwischengeschoss reihen, wirken wie eine Art Kathedrale des schlechten Geschmacks. Sie würde wetten, dass es in dem hochherrschaftlichen Bad goldene Wasserhähne gibt.

„Da bist du ja, Mädchen. Gut siehst du aus. Tut mir leid, das mit deinem Mann. Hast du dich wieder etwas berappelt? Was kann ich für dich tun? Setz dich doch." Doris versinkt in einem der drei hässlichen grünen Lederfauteuils.

„Herr Zindler, ich möchte wissen, wie man einen Zweitschlüssel anfertigt. Sie wissen doch so viel", gurrt sie, und schaut den massiven Riesen erwartungsvoll an.

„Na, das ist alles? Dann gehst du zum Schlüsseldienst und gibst denen eben den Auftrag."

„Das geht nicht, es soll eine Überraschung werden. Wie kann ich eine Kopie machen lassen, ohne den Schlüssel abzugeben. Ich habe mal gelesen, dass man mit so einer silikonartigen Masse einen Abdruck machen kann, der dann auf- oder ausgefüllt wird."

„Gibt's alles, sicher; und wenn du den Abdruck hast, willst du damit nicht zum Schlüsseldienst. Denn es soll eine Überraschung sein."

Er schaut sie von der Seite spöttisch an und grinst breit. „Stimmt' s oder habe ich Recht?"

„Sie haben vollkommen Recht. Genau, so habe ich mir das gedacht."

„Weißt du, so ganz legal ist das nicht ..., aber was macht man schon nicht alles für eine hübsche Frau ... Ich habe da einen Kumpel, der könnte das wohl organisieren. Ich glaube, der nimmt einen Tausender für so eine Sache. Geht das in Ordnung?"

„Aber selbstverständlich. Am Geld soll's nicht scheitern."

Mit einfachen Instruktionen und einem Tütchen mit einer kaugummiähnlichen elastischen Masse ausgestattet, verlässt die aufreizende Frau die Wohnung mit dem Versprechen, bald zurückzukommen. Da Ullis Schlüssel immer an der gleichen Stelle liegen, ist es für sie einfach, die Abdrücke von den drei Schlüsseln zu nehmen.

Schon nach einer Woche bringt sie die Früchte ihrer Arbeit zu Zindler.

„Na Süße, du hast es eilig mit deiner Überraschung. Kommst gleich mit drei Schlüsseln, ich denke wir haben über einen gesprochen."

„Stimmt, Herr Zindler, das hat sich so ergeben. Ist das schwieriger für Sie?"

„Nein, solange es tausend Piepen pro Stück gibt, bekomme ich das schon hin."

So etwas hat sie sich schon gedacht und sicherheitshalber mehr Geld eingesteckt. Sie legt aber nur zweitausend Euro auf den Tisch.

„Ist es in Ordnung, wenn ich den Rest bei Abholung

zahle?"

„Geht schon klar, Mädchen. Mit dir ist es gut, Geschäfte zu machen. Komm nächsten Mittwoch vorbei. Dann sind sie fertig. Garantie hast du übrigens bei mir auch. Wenn ein Schlüssel nicht passen sollte, gibt's Geld zurück."

Es dauert fast zwei Monate, bevor sie die Chance hat, die Nachschlüssel einzusetzen.

Ullrich wird mit einer Gruppe von Austauschstudenten zu einer Inaugurationsfeier bei einer Universität im Süden des Landes eingeladen. Anschließend ist ein Besichtigungsprogramm geplant. Die Gruppe, die mit einem Reisebus fährt, soll drei Tage unterwegs sein. Sofort am ersten Abend ruft Doris in Ullis Hotel an. Sie wählt bewusst nicht sein Handy an, weil sie wissen muss, ob er tatsächlich 800 Kilometer weg ist.

„Lieb, dass du anrufst. Du hast Glück, dass ich gerade im Zimmer bin, denn ich bin auf einen Sprung ins Theater mit der Gruppe. Wieso rufst du nicht übers Handy an?"

„Ach, das ist leer, ich wollte doch mal wissen, ob ihr gut angekommen seid."

„Ja, es hat gut geklappt, und wir sind eine ganz nette Truppe."

Sie hat genug gehört und fährt mitten in der Nacht zum Apartment ihres Liebhabers. Bereits der erste Schlüssel passt. Sie schließt die schweren Gardinen und zündet dann erst das Licht an.

Es ist wirklich nur eine Bude. Ein Arbeits- und ein Schlafzimmer, beide spärlich möbliert. In der Miniküche kann man sich gerade drehen. Auf mehreren Regalwänden stehen Bücher, Bücher und noch mal Bücher.

Mit dem zweiten größeren Schlüssel versucht sie die Schublade des alten Sekretärs zu öffnen. Nach einem vergeblichen Versuch stellt sie fest, dass das Möbelstück gar nicht abgeschlossen ist. Sie prägt sich genau ein, wo alles liegt und fängt systematisch an zu suchen.

Ihre Gedanken drehen sich unaufhörlich im Kreis: „Was tue ich hier bloß? Gibt es vielleicht eine ganz einfache Erklärung? Ich liebe Ulli doch; aber er sagt nicht die Wahrheit."

Nichts Verfängliches ist zu finden. Sie setzt sich in den alten Schaukelstuhl in der Ecke des Zimmers und schaut sich um. Es bleiben eigentlich nur noch die Bücher. Ein ideales Versteck! Aber für was? Soll sie sich die Mühe machen und jedes Buch in die Hand nehmen?

Ihre von Wut und Traurigkeit durchtränkte Entschlossenheit gewinnt die Überhand.

Sie fängt an, die einzelnen - meist staubigen - Bände in die Hand zu nehmen und durchzublättern.

Sie bekommt Durst. Am liebsten würde sie die halbe Flasche Rotwein trinken, die in der Küche steht, aber sie beherrscht sich und trinkt direkt aus dem Wasserhahn. „Nur keine Spuren hinterlassen!"

Sie schaut auf die Uhr; es ist schon nach drei. Ein Stündchen noch, und dann reicht es für heute.

Beim „Strafprozessrecht" von einem gewissen Herrn Beulke wird sie fündig!

Sie faltet das Din-A4 Blatt, das zusammen mit einem kleinen Schlüssel in der Mitte des aufgeschnittenen Buches liegt, auf und erkennt sofort, dass die von Hand angefertigte Zeichnung eine Karte ist. Sie hält sie unter die Lampe und erkennt den Tatort, den Weg dahin, eine Abzweigung, einige Zahlen und ein Kreuz. Das Kreuz ist mit einem Rand ummalt. Sie ist plötzlich elektrisiert... Ist da ihr Geld vergraben? Oh mein Gott, Ulli ist der Erpresser!"

Sie fühlt sich, als sei sie in eine Schlinge geraten, die sich langsam zuzieht. Mit Mühe zwingt sie sich, ruhiger zu werden, packt Skizze und Schlüssel vorsichtig ein, schaltet das Licht aus und macht die Gardinen wieder auf.

Am nächsten Tag kopiert sie den Plan und legt ihn genau wieder dahin, wo sie ihn gefunden hat. Sie bleibt nur kurz in der Wohnung und checkt, ob die anderen beiden Schlüssel irgendwo passen. Nachdem dies nicht der Fall ist, verschwindet sie schleunigst. Doris hat gefunden, was sie gesucht hat, aber ist sich auch bewusst, dass es das Ende einer Illusion ist.

Am zweiten Tag von Ullis Abwesenheit joggt sie wieder zu den Klippen. Mit dem Plan in der Hand läuft sie den letzten Teil der Strecke ab.

Es ist ihr schnell klar. Die Zahlen sind Meterangaben. Sie zählt ihre Schritte. Ihr Opa hat das mal gezeigt: Ein großer Schritt ist etwa ein Meter. Die Vorlage ist gut. Ja, hier muss es sein. Im Dreieck vom Reitweg und Waldrand. Sie inspiziert den sandigen Waldboden genau. Nach kurzer Zeit findet sie eine Stelle, die weniger bewachsen zu sein scheint als ihre Umgebung.

„Ob das die Stelle ist, die mit dem Kreuz markiert ist?" Sie misst auch die andere Richtung ab. „Ja, das muss der Ort sein." Sie legt zwei dürre Äste übereinander als eine Art Positionshilfe für heute Nacht.

Kurz nach eins fährt Doris wieder in die Dünen. Mit einer Taschenlampe und einem stabilen Spaten bewaffnet, findet sie die markierte Stelle schnell. Nach nur fünf Minuten stößt der Spaten auf etwas Hartes. Mit den Händen gräbt sie den Koffer aus und stellt ihn vor sich hin. Der kleine Schlüssel passt. Doris wickelt das Papier aus und zählt die ihr bekannten Bündel Banknoten.

Es scheint alles noch da zu sein. Pedantisch akkurat legt

sie das Geld zurück in den Koffer. Sie sucht den Spaten, um das Loch wieder zu füllen.

Im Dunkeln stolpert sie und fällt der Länge nach zu Boden. Ihr Knie blutet und sie verliert beim Sturz ihren Ring. Beides nimmt sie nicht wahr. Sie macht sich auf den Heimweg, fuchsteufelswild und am Boden zerstört.

„Dieser verdammte Kerl. Den habe ich mal geliebt. Er weiß alles. Ich verachte ihn. Ich werde ihn umbringen.

Während sie den Schlüssel wieder in das Buch in Ullis Wohnung legt, verwünscht sie ihren Freund: „Ich werde mein eigenes Strafprozessrecht ausüben, mein Lieber. Mit mir kann man so etwas nicht machen!"

KAPITEL 11

Während sie in den nächsten Tagen unentwegt nach einer guten Möglichkeit sucht, sich ihren Liebhaber endgültig vom Hals zu schaffen, kühlt sich wie von selbst das Verhältnis zum Studenten ab. Dies ist einerseits bedingt durch die Tatsache, dass ihre theatralischen Künste nicht so ausgeprägt sind wie ihr Willen zu gesetzeswidrigen Unternehmungen, und andererseits liegt es daran, dass Ulli immer häufiger in seinem eigenen Zimmer übernachtet. Wie bei den Vorbereitungen zum geplanten Ableben ihres Ehemannes überlegt sie gut, was sie machen soll.

Und wieder ist es der Zufall, der sie weiterbringt. In einer Fernsehsendung wird über schwer bewaffnete Wilddiebe berichtet, die in Afrika Nashörner wegen des wertvollen Horns abschlachten und Fallen aufstellen, in denen Wildhunde elend verenden.

Da fällt ihr etwas ein! Vor vielen Jahren war sie einmal mit einer Freundin in einer Kleinstadt im Westen gewesen. Wegen eines plötzlich aufkommenden Gewitters waren sie in eine Art Heimatmuseum geflüchtet. Es war eigentlich mehr eine große Scheune mit zwei Stockwerken und einem Stall, in dem sich auch eine Toilette befand. Nachdem sie sich beide frisch gemacht hatten und wieder in die Museumsräumlichkeiten zurückkamen, setzte eine rothaarige junge Frau gerade zu einer Führung an.

Sie lud die beiden Damen ein mitzumachen. Da es immer noch goss, sagten sie zu und begutachteten mit der kleinen Gruppe eines örtlichen Frauenverbands Geräte, die vor langer Zeit zum Ernten verwendet wurden. Im nächsten Raum ging's weiter mit Stickereien und entsprechend besinnlichen Sprüchen. In einem länglichen Korridor folgte die Geschichte des Ortes.

Im anderen Flügel wurden Brauchtum, Handwerk und Kunst gezeigt.

Für Doris war der Dachboden die eigentliche Überraschung des Museums. Hier waren ausschließlich Tierfanggeräte ausgestellt. Es gab Käfige, Fallen, Haken und Köder, Stricke, Netze, usw. Am meisten beeindruckten sie die Tellereisen.

Die Führerin erklärte, dass ein ehemaliger Bürgermeister und Jäger die Sammlung angelegt habe und auch Stücke aus dem Ausland bezogen hätte, da viele Fanghilfen hier verboten seien. Sie zeigte mit sehr viel Kraftaufwand, wie ein solches Eisen eingespannt wird und demonstrierte mit Hilfe eines Stockes, was mit dem Tier passiert, wenn das Eisen zuschnappt. Mit dem größten Eisen könne man problemlos einen Bären von 500 Kilogramm zur Strecke bringen.

„Das ist es", sagt Doris sich. „So etwas brauche ich, da würde man nie eine Frau verdächtigen. Wenn ich bloß wüsste, wo das genau war."

Ihre Freundin, die zwischenzeitlich umgezogen ist, mag sie nicht fragen. Nur keine Mitwisser. Sie schaut sich die Karte an und versucht zu rekonstruieren, wo sie damals waren. Da sie nicht richtig weiterkommt, googelt sie im Internet. Nach kurzer Suche hat sie drei Heimatmuseen gefunden, die potenziell in Frage kommen könnten.

Sie greift zum Telefon: „Guten Tag, hier Frau Schwarz, hat man bei Ihnen eine besondere Abteilung mit Tierfangvorrichtungen?"

Die Antwort ist bei allen Gesprächspartnern fast identisch: „Da kann ich Ihnen leider nicht weiterhelfen."

Kurz bevor die letzte Dame auflegt, erwähnt sie noch, dass in dem nächsten Kreisstädtchen ein Museum sei, das von einem Jäger bestückt wurde. Da könne Frau Schwarz es doch einmal versuchen.

Doris nimmt wieder das Internet zuhilfe und gibt den Ort ein. Volltreffer! Es wird sogar ein Bild des Museums gezeigt und auch die Etage, die sie so beeindruckt hatte, ist exakt beschrieben.

Da Ullrich sich für den nächsten Abend bei ihr abgemeldet hat, beschließt sie, kurzfristig dem kleinen Museum einen Besuch abzustatten. Und zwar nachts. Kurz nach zwei Uhr kommt sie bei der ehemaligen Scheune an und parkt unter einer Baumreihe.

Nachdem sie eine Weile abgewartet hat und sich nichts tut, begibt sie sich zur Rückseite und probiert die Tür aus. Sie ist wie erwartet zugeschlossen! Doris hat sich vorbereitet. Sie weiß, wie man ein Gebäude geräuschlos betritt. Die Selbstklebefolien, die sie eingesteckt hat, um notfalls ein Fenster geräuschlos einzuschlagen, braucht sie gar nicht. Nachdem ihre Augen sich an die Dunkelheit gewöhnt haben, sieht sie, dass im ersten Stock ein Fenster einen Spalt breit offen steht.

Jetzt braucht sie nur noch etwas zum Hochklettern. Der Hof ist leer. Im Stall findet sie eine Leiter. Nur gut, dass sie durchtrainiert ist. Mit relativ wenig Anstrengung klettert sie hoch und steigt in das Zimmer ein. Das Tellereisen ist schwer. Vorsichtig läuft sie zum Fenster, schiebt es über den Rand und lässt es auf den weichen Boden fallen.

Fast wäre sie wieder hinuntergestiegen, als ihr einfällt was sie im Internet gelesen hat. Man braucht eine Kette mit Anker, damit das Eisen sowohl vor als auch nach dem Einschnappen an Ort und Stelle bleibt.

Sie findet sie problemlos. Nachdem das gesamte Diebesgut nach unten befördert ist, stellt sie die Kletterhilfe wieder an ihren Platz, lädt alles ein und fährt zurück in ihre Villa. Sie versteckt die Falle in einem Schrank in der Waschküche.

Während Ullis Abwesenheit trainiert sie das Spannen und Auslösen des Eisens. Obwohl sie sehr viel Kraft aufwenden muss, gelingt es ihr nach einigen Tagen ganz gut. Sie muss jedoch feststellen, dass man das Eisen mit entsprechendem Kraftaufwand selbst wieder öffnen kann.

Ihr erster spontaner Gedanke ist: „Da brauche ich Handschellen, damit er die Falle nicht mit den Händen öffnen kann. Aber was ist, wenn er sich trotzdem befreien will und die Handschellen dabei Spuren auf seinen Handgelenken hinterlassen?"

Bei der Problemlösung fällt ihr ein, dass es Leute gibt, die sich gerne fesseln lassen. Die akzeptieren doch bestimmt keine Fesseln, mit denen sie sich verletzen könnten. Und schon wieder wird sie im Internet fündig und bestellt bei einem Erotikversand ein Paar hochwertige Sicherheits-Handschellen mit kuscheligen Plüsch-Bezügen in pink. Nach drei Tagen ist die angeforderte Ware da.

Nun setzt die Betrogene sich hin und entwirft ihrerseits ein Schreiben. Diese Botschaft ist nicht mit orthographischen Fehlern gespickt, sondern fehlerlos, klar und nüchtern. Sie schreibt:

„Wir wissen, dass Sie Frau Heller erpressen. Da wir über Kenntnisse verfügen, wie Sie die bereits erpresste Summe problemlos verzehnfachen können, möchten wir mit Ihnen teilen. Kommen Sie am nächsten Dienstag, nachts, pünktlich um zwei Uhr allein zu der bekannten Stelle bei den Klippen, um die Angelegenheit zu besprechen. Keine Polizei und keine Waffen, sonst gehen unsere Beweise an die Polizei, Frau Heller und Herrn Burke Senior!"

Im Stadtzentrum wirft Doris den Brief in den Briefkasten.

Am nächsten Abend liest Ulli das Schreiben. Bei der

Lektüre fängt sein Herz an zu rasen. Er ist völlig platt und es kommt Panik auf. Er war sich so sicher, dass bei seinem außergewöhnlichen Talent einfach nichts schiefgehen kann.

Wie kann das nur sein? Wenn man ihn auf den Klippen gesehen hätte, konnte man nicht wissen, was in dem Beutel war! Das gleiche gilt für die nächtliche Aktion, bei der er die Beute vergraben hat. Im Dunkeln konnte man ihn nicht sehen, und außerdem war die Tüte geschlossen. Er klettert auf einen Stuhl und überprüft seine Bücherverstecke. Es ist alles nach wie vor da!

Plötzlich schießt ihm ein fürchterlicher Gedanke durch den Kopf. Ist Doris doch zur Polizei gegangen? Ist es vielleicht eine Falle? Nein, das schließt er im gleichen Moment aus. So dumm ist sie nicht, denn dann würde sie für einen Mord büßen müssen und er höchstens für Erpressung. Mehrere Stunden sitzt er fast unbeweglich in seinem alten Reetstuhl. Nach reiflicher Überlegung sieht er ein, dass er den Termin wahrnehmen muss. Dass seine Geliebte die Fäden in der Hand haben könnte, kommt ihm nicht in den Sinn.

In der genannten Nacht fährt Ulli zu den Klippen. Da er nicht sicher ist, ob man ihm auflauert, hat er sicherheitshalber ein Klappmesser eingesteckt. Er kommt pünktlich an und parkt das Auto.

Nachdem seine Augen sich an die Dunkelheit gewöhnt haben, sieht er - genau an der Stelle, an der Herr Heller seine letzte Reise antrat - etwas Weißes schimmern. Mit einem kleinen Stein beschwert, liegt da ein großer Bogen Papier. Er liest:

„Jetzt laufen Sie sofort zu der Stelle, wo das Geld vergraben ist. Wir warten da auf Sie!"

Wieder läuft es dem Studenten kalt über den Rücken.

„Jetzt kennen die auch das Versteck! Das ist doch einfach irrsinnig! Was mache ich bloß?"

Vollkommen kopflos setzt er sich ins Auto und versucht, Ordnung in die Geschehnisse der letzten Tage zu bringen. „Die wissen alles. Die wissen sogar, wo das Geld ist. Was tue ich jetzt?" Seine Gedanken suchen, sie kreisen im Dunklen, aber er kann ihren Lauf einfach nicht mehr steuern. Er macht sich zum Versteck auf, es ist ja nicht weit.

Doris hat die beiden Zugangspfade zu der Waldlichtung, wo sie das Geld gefunden hat, genau inspiziert. Mit einigen verrotteten Baumstämmen und Beerensträuchern hat sie den kleineren Weg mehr oder weniger versperrt. Den etwas breiteren Zugang hat sie gesäubert und genau im Schatten des größten Baumes die Falle positioniert.

Der Mond scheint nicht, aber die Sterne leuchten umso heller. Trotzdem kann Doris, die mitten auf der Lichtung auf ihrem Rucksack sitzt, die Falle nicht sehen.

Ullrich nähert sich mit unsicheren Schritten der Stelle seiner privaten Schatzkammer. Kurz vor dem Durchgang stutzt er: „Da sitzt doch jemand?" Im Sternenlicht erkennt er eine Person mit Kapuze in einem roten Mantel neben einem kleinen aufgegrabenen Hügel.

„Wer … wer sind Sie?"

„Ich bin diejenige, die du beklaut hast", sagt Doris und zieht ihre Kapuze runter.

Ulli fällt aus allen Wolken. Er hat es nie im Leben für möglich gehalten, sie hier anzutreffen.

Mit seiner Rechten hält er das Messer in seiner Tasche umklammert. Plötzlich schluchzt er: „Ich … ich, Doris, ich kann nichts dafür, ich … ich werde selber erpresst. Die haben gesagt, dass man uns beide tötet, wenn ich nicht mitspiele. Ich wollte nur, dass wir leben. Dass wir zusammen sein können."

„Wer erpresst uns denn?"

„Ich ... ich, na ja, die russische Mafia natürlich ..., das ist doch klar."

„Die Unterhaltung gleitet ins Schwachsinnige ab", antwortet sie spitz. „Du bist ein Erpresser, du hast den Plan gehabt, hast die Briefe geschrieben, bist mit dem Boot rausgefahren und hast wohl das Gekritzel von meinem Mann gefunden. Du bist ein gemeiner Hund. Egal, was du noch sagst, ich glaube dir kein Wort mehr."

„Dann sind wir quitt", schreit er plötzlich. "Warum tue ich mir das Theater überhaupt noch an? Du dumme Kuh! Du arme Irre! Du, du … Mörderin! Die Wahl zwischen dem Geld und dir war einfach. Ich will das Geld haben. Sonst kommst du hier nicht mehr lebend weg."

Er zieht das Messer aus seiner Tasche und macht einen Schritt vorwärts.

Die Bügel der Falle schlagen mit einem unangenehmen metallischen Geräusch zu. Ullis Schienbein bricht sofort, die Hauptschlagader im rechten Bein ist durchtrennt. Zuerst ist er einfach nur erstaunt. Er kann zwar nichts sehen, weiß trotzdem, dass etwas nicht stimmt.

Bevor der fürchterliche Schmerz einsetzt, ist Doris bei ihm. Mit dem bereitgehaltenen Pflaster klebt sie ihm den Mund zu. Dann legt sie ihm die Handschellen an. Sie überprüft noch kurz, ob Kette und Anker an ihrem Platz sind und beugt sich zum Abschied zu ihrem Geliebten rüber.

„Wer kommt hier nicht mehr lebend weg?"

Erleichtert reibt sie sachte an einem Insektenstich am Arm, nimmt Ullis Autoschlüssel und sein Messer an sich, packt ihr Geld ein, entfernt den Hinweiszettel bei den Felsen und fährt in die Wohnung des Studenten.

Die Zeitung liegt schon vor der Tür, sie nimmt sie auf

und betritt das kleine Apartment. Jetzt erst merkt sie, dass sie sich vor Müdigkeit und Aufregung kaum noch auf den Beinen halten kann. Sie fühlen sich an, als seien sie eingegipst. Sie setzt sich auf einen Küchenstuhl und überblickt die Schlagzeilen der Zeitung. Sie nimmt sie aber nicht wahr.

Eine dicke fette Fliege umschwirrt ihren Kopf. Sie versucht, sie zu verjagen, was ihr aber nicht gelingt. Plötzlich setzt sich das Insekt auf ihre behandschuhte rechte Hand. Sie zielt mit ihrer Linken und tötet das Insekt mit einem schnellen harten Schlag.

Ekelerfüllt sieht Doris, dass sich die Hälfte des Tieres in einem blutigen Fleck auf ihrem Handschuh befindet. Sie zieht ihn aus und stürzt zum Wasserhahn, wo sie versucht, die Reste und das Blut abzuwaschen.

Wieder summt ein dicker Brummer um ihren Kopf. „Ob Ulli etwas Verderbliches in der Wohnung hat, das die Viecher anzieht?" Nach einigen vergeblichen Anflugphasen setzt sich das Tier vor ihr auf die Spüle.

„Genauso doof wie seine Verwandten", sagt sich Doris. Sie nimmt die Zeitung vom Tisch und erledigt den ungebetenen Gast beim ersten Versuch. Sie zieht ihre Handschuhe wieder an und steckt den im Buch versteckten Plan des Tatorts in ihre Brieftasche. Mit bleiernen Füßen geht sie zurück zum Auto und fährt nach Hause.

Nach einer kleinen Stärkung zieht Doris ihre Joggingklamotten an und läuft zurück zum Tatort. Mit den ersten Sonnenstrahlen ist sie bei ihrem Opfer. Ullrich Burke ist kurz vor Sonnenaufgang an Blutverlust gestorben. Sie nimmt dem Toten die Fesseln und das Pflaster ab und schaut genau nach, ob keine verräterischen Spuren hinterlassen wurden. Dann schaufelt sie das Loch, in dem das Geld versteckt war, wieder zu und bedeckt die Lichtung gleichmäßig mit Tannennadeln. Nach einer nochmaligen

Überprüfung ist sie zufrieden und fährt mit dem Auto ihres Ex-Liebhabers seelenruhig nach Hause. Sie legt sich ins Bett und schläft sofort ein.

KAPITEL 12

Es dauert fast eine Woche, bevor sich jemand nach dem Verblichenen erkundigt. Wie kann es auch anders sein, es ist seine Mutter.

„Guten Morgen, Frau Heller. Entschuldigen Sie die Störung. Haben Sie meinen Sohn in den letzten Tagen gesehen?"

„Tut mir leid, Frau Burke. Nein, ich habe schon eine Weile nichts von ihm gehört."

„Aber Sie ..., Sie beide sind ... sind noch zusammen?"

„Ja, das stimmt schon, aber er hat mir gesagt, dass er eine Reise machen muss und mich wahrscheinlich nicht anrufen kann. Der Trip könne so zehn Tage dauern."

„Wissen Sie, wohin er wollte?"

„Leider nicht; ich konnte nichts aus ihm herausbekommen. Er sagte nur, dass er einige wichtige Sachen regeln müsse."

„Gut, vielen Dank, dann warten wir eben ab."

In der Woche darauf telefonierten die beiden Damen noch einige Male miteinander. Nachdem sie immer noch kein Lebenszeichen von Ulli hatten, meinte die Mutter schließlich: „Frau Heller, jetzt sind's bald drei Wochen, dass er sich nicht gemeldet hat. Das gab's noch nie bei ihm. Es könnte ihm doch etwas passiert sein. Wenn ich bis Ende dieser Woche nichts von ihm höre, gehe ich zur Polizei."

„Frau Burke, ich hatte genau die gleiche Idee. Seine Reise dauert wirklich ungewöhnlich lang. Was halten Sie davon, wenn wir zusammen gehen. Ich mache mir jetzt auch große Sorgen."

Am Montagnachmittag treffen sich die beiden Damen im Polizeipräsidium. Der diensttuende Beamte bittet sie, Platz zu nehmen, und hört freundlich zu.

„Tja, wissen Sie, meine Damen, Ihr Sohn beziehungsweise Ihr Freund ist immerhin schon lange volljährig. Da kann viel passieren. Gab's denn Stress in der letzten Zeit?" Nachdem beide Frauen dies verneinen, schlägt er vor, noch einige Tage zu warten, bevor sie eine Vermisstenanzeige aufgeben. Die Damen lassen sich auf diesen Vorschlag nicht ein und erstatten die Anzeige sofort.

Auf Grund der Tatsache, dass Kommissar Solm schon einmal mit Frau Heller zu tun hatte, meint sein Chef, dass er der geeignete Mann für eine entsprechende Untersuchung sei.

Zuerst stattet Solm dem Ehepaar Burke einen Besuch ab. Außer der Tatsache, dass der Herr Direktor unverkennbar keine große Sympathie für Frau Heller hegt, bringt dieser Besuch ihn nicht weiter. Die Eheleute wissen zwar, dass ihr Sohn und Frau Heller befreundet sind, aber ihr Sohn hat sie den Eltern nie vorgestellt.

Noch am gleichen Tag besucht er die Witwe in der geräumigen Villa am Stadtrand. Die Frau erscheint ihm so cool wie damals nach dem Tode ihres Ehemanns. Solm hat sich eine Liste von Fragen zurechtgelegt.

„Nun, erzählen Sie bitte mal. Wie lange sind Sie mit Herrn Burke befreundet? Wie oft sehen Sie sich normalerweise, oder wohnen Sie zusammen? Wann ist er weggegangen? Was hat er Ihnen genau gesagt? Ist er mit dem Auto unterwegs?"

Die Witwe gibt bereitwillig Auskunft und Solm notiert sich alle Einzelheiten, die unter Umständen wichtig sein könnten.

„Ich möchte dann gerne das Zimmer sehen, das Sie ihm

eingerichtet haben, und das Auto. Apropos Auto, wie macht er denn seine Reise, wenn der Wagen hier ist?"

„Ich glaube, dass er fliegen wollte. Wissen Sie, Herr Kommissar, er tat ein wenig geheimnisvoll. Eigentlich nicht seine Art."

„Haben Sie ihn zum Flughafen gebracht?"

„Nein, er ist an dem Tag noch mal in die Uni gegangen und ist wohl von da aus mit einem Taxi gefahren."

Beim Betreten des Büros findet der Kommissar eine Notiz auf seinem Tisch: „Bitte Herrn Burke in der Bank anrufen!" Er wählt die Nummer, die auf dem Zettel vermerkt ist, und lässt sich mit dem Direktor verbinden.

„Herr Kommissar, ich weiß nicht, ob es eventuell wichtig ist, aber Frau Heller hat vor einiger Zeit viel Geld gebraucht. Ich wollte Ihnen das heute Mittag nicht sagen, während meine Frau dabei war. Sie wissen ja, ich muss das Bankgeheimnis wahren, auch in der Familie."

„Und warum sagen Sie es mir jetzt?"

„Na ja, ich gehe davon aus, dass die Polizei in einem solchen Fall auch die Bankbewegungen der betroffenen Personen prüft."

„Wie viel ist „viel" Geld, Herr Burke?"

„Sie hat eine halbe Million Euro in bar abgehoben!" Solm pfeift anerkennend durch die Zähne. "Nicht schlecht, Herr Direktor, das bekomme ich nicht mal als Taschengeld. Hat sie etwas über die Verwendung der Summe gesagt?"

„Nein, das hat sie nicht."

Der Polizist lässt sich das genaue Datum der Auszahlung geben und bedankt sich bei dem Banker.

Für den nächsten Tag macht Solm nochmals einen Termin mit der Witwe.

„Frau Heller, Ihr Freund ist nicht weggeflogen. Wir haben das überprüft. Können Sie mir bitte eine Liste mit Adressen und Telefonnummern von allen potenziellen Personen geben, wo sich Ihr Freund eventuell aufhalten könnte?"

„Das mache ich gerne. Wir haben allerdings relativ wenig gemeinsame Bekannte. Da werden Sie an der Uni eher fündig."

„Vielen Dank, daran arbeiten wir bereits. Übrigens, Sie haben vor einigen Monaten recht viel Bargeld abgehoben. Wozu haben Sie das gebraucht?"

Doris sieht ihn mit großen Augen an und fängt gezielt an zu stottern: „Na ... na, ja, wi ... wissen Sie, man braucht heutzutage nach wie vor auch ein wenig Ba ... Bargeld."

„Frau Heller, das kann ich Ihnen einfach nicht abnehmen. Was haben Sie mit dem vielen Geld gemacht?"

„Ich ... ich, nichts, es liegt, ... eh ... es liegt eben im Tresor."

„Würde es Ihnen etwas ausmachen, es mir zu zeigen?"

„Wenn das sein muss, bitte schön." Sie bedient die Kombination und macht die kleine Metalltür auf.

Der Gesetzeshüter überfliegt die Geldstapel. „Sieht ziemlich komplett aus, wie viel haben Sie schon ausgegeben?"

„Überhaupt nichts Herr Kommissar! Doris zittert plötzlich, schluchzt und fängt wie auf Kommando an zu flennen. Solm fällt aus allen Wolken. Diese Frau kann weinen, das hat er nie für möglich gehalten.

Nachdem sie sich beruhigt hat, nimmt der Kommissar eine Vis-à-vis Position am Esstisch ein. „Jetzt erzählen Sie mir doch mal alles von Anfang an."

Und Doris berichtet: „Das Geld ist für Ulli bestimmt. Er hat ja wohl Probleme mit einer russischen Mafiagruppe. Der Ärger hat schon in den USA angefangen. Da lebte er mit einer Russin zusammen, die plötzlich aus unerklärlichen Gründen verschwunden ist. Man will ihm den Tod des

Mädchens anhängen. Deshalb ist er zurückgekommen. Jetzt haben die Russen ihn wohl gefunden und erpressen ihn. Sie wollen 500.000 Euro. Deswegen habe ich das Geld besorgt. Ich habe genug und gebe ihm das gerne, weil wir uns lieben."

„Ist sie so blauäugig oder tut sie nur so?", denkt der Ermittler

Er notiert alle Einzelheiten und bittet sie, am nächsten Nachmittag ins Präsidium zu kommen, damit der bis dahin abgefasste Bericht unterschrieben werden kann.

Solm verabschiedet sich mit einer letzten Frage: „Wir müssen die Stadtwohnung von Herrn Burke natürlich auch sehen. Können Sie uns die Adresse geben?"

„Da muss ich nachschauen Herr Solm, einen Moment bitte, er hat sie mir mal gegeben. Ja, hier steht's. Möchten Sie sie abschreiben?"

„Vielen Dank, haben Sie vielleicht einen Schlüssel von der Wohnung?"

„Nein, das tut mir leid, ich war noch nie da. Er hat mir nur gesagt, dass sie in der Nähe der Uni ist. Es soll eine kleine Mansardenwohnung sein."

Später am Tag setzt sich der Polizist mit seiner rangälteren Teamkollegin, Frau Koch, zusammen. Sie hat die Vermisstenanzeige inzwischen auch gelesen.

Er stellt der Dauerkaffeetrinkerin eine Tasse auf den Tisch und bringt sich einen Tee mit.

„Was halten Sie von der Sache, Frau Koch?"

„Kann man noch nicht viel zu sagen, Herr Solm. Sicher, es wird ein Mann vermisst, und dieser Mensch ist ausgerechnet mit der Witwe eines umgekommenen Ex-Unternehmers befreundet. Haben Sie schon mit der Dame gesprochen?"

„Ja, der Bericht wird morgen unterschrieben. Wissen

Sie, was ich so merkwürdig finde: Bei der Nachricht vom Tod ihres Mannes war sie kaum aus der Fassung zu bringen, aber bei der Schilderung eines angeblichen Erpressungsfalles hat sie wie ein Schlosshund geheult."

Nachdem er seine Begegnung mit der eleganten Lady genau geschildert hat, meint die Kollegin: „Dann sollten Sie sich mal als Erstes die Wohnung von Herrn Burke ansehen. Vielleicht gibt's da Hinweise auf sein Verschwinden."

Über den Hausmeister kommt Solm problemlos in das kleine Apartment. Auch dieser Mann wundert sich, dass er Burke schon so lange nicht mehr gesehen hat. „Wissen Sie, Herr Kommissar, wenn er mal länger als ein Wochenende weggeht, hat er mir immer Bescheid gesagt."

„Hat er denn häufiger Besuch?"

„Nicht so oft, es kamen schon mal andere Studenten. Aber mit denen ist er dann meistens irgendwo hingegangen. Sie sehen ja, dass das Zimmer nicht besonders groß ist."

„Ja, das verstehe ich, darf ich mich ein wenig umsehen?"

„Selbstverständlich. Wenn Sie fertig sind, sagen Sie mir bitte Bescheid, ich bin in meiner Wohnung."

Nach anderthalb Stunden intensiver Suche gibt der Kriminalist es auf. Hier gibt's absolut keine Hinweise auf das Verschwinden des Studenten. Ihn stört nur die Tatsache, dass sich drei Tüten frischer Vollmilch im Kühlschrank befinden, die natürlich seit langem abgelaufen sind. „Ich würde mir als Student doch keine frische Milch kaufen, wenn ich verreise. Andererseits, der Junge hat's ja. Mit einer solchen Freundin braucht er sich über so was Banales den Kopf nicht zu zerbrechen."

Er bringt den Schlüssel zurück und bedankt sich beim Hauswart. Die Bücher hat er keines Blickes gewürdigt.

Beim Abendbrot erzählt er Martina ein paar unverfängliche Einzelheiten über den Fall.

Er berichtet auch, dass er wieder bei der Witwe war.

Seine Ehefrau reagiert sofort: „Habe ich es dir damals nicht gesagt? Mit der stimmt etwas nicht."

„Aber Liebling, sie hat ihn doch nur als vermisst gemeldet. Sie war zusammen mit der Mutter von dem jungen Mann auf dem Präsidium. Das ist doch nichts Ehrenrühriges?"

„Nein, ist es nicht. Aber ich bleibe dabei, dass da irgendetwas faul ist. Warst du auch in der Wohnung von dem jungen Burke?"

„Ja, da bin ich allerdings nicht weitergekommen. Es gab nichts, was auf sein Verschwinden hindeuten könnte. Wir haben einfach keine Anhaltspunkte."

„Warst du mit den Leuten von der Spurensicherung da?"

„Nein, es gibt bisher keinen Anlass, nach irgendwelchen Spuren zu suchen. Es handelt sich um einen erwachsenen Mann. Da kann alles Mögliche passiert sein."

Viele Wochen tut sich nichts in der Sache. Der Sommer ist ins Land gezogen. Die Mutter des Studenten meldet sich zwar regelmäßig bei Solm, aber der Kriminalist kann nur mit den gleichen stereotypen Antworten aufwarten. Im Klartext: Die Polizei hat zwar die Vermisstenmeldung an die anderen Dienststellen weitergegeben. Sie kann sonst nichts unternehmen, da keine Verdachtsmomente für eine mögliche Straftat vorliegen.

An einem sonnigen Tag ziehen die Solms in ihre neue Wohnung ein. Beide haben einen Tag Sonderurlaub bekommen und freuen sich, das Schmuckstück einzurichten.

Nachdem Sitz- und Essgruppe richtig platziert sind, sitzen sie - immer noch ein wenig außer Atem - bei einem Kaffee zusammen am Küchentisch. Das Handy des Polizisten meldet sich, er schaut auf die Anzeige und brummt:

„Das Büro, was soll denn das. Die wollten uns doch in Ruhe lassen."

Er drückt den grünen Knopf und hört eine halbe Minute intensiv zu.

„Haben Sie Nemic informiert? Gut so! Ich weiß, wo das ist, Frau Koch, ich bin in zwanzig Minuten da."

Martina schaut ihn an: „Das ist doch nicht dein Ernst Martin? Wir haben noch so viel zu tun. Die schweren Kisten; ich schaffe das nicht allein. Du willst doch jetzt nicht abhauen?"

„Tut mir wirklich leid. Die hätten mich nicht angerufen, wenn's nicht wichtig gewesen wäre. Es gibt eine Leiche, und es könnte die von Burke sein."

„Weißt du, dass mich das gar nicht wundert. Aber dass das ausgerechnet jetzt sein muss."

„Ich bin bald wieder da, und wenn' s möglich ist, bleibe ich morgen zuhause."

Die Fundstelle ist schon abgesperrt, als er eintrifft. Frau Koch fängt ihn ab.

„Guten Morgen, Herr Solm. Es tut mit leid, dass ich Sie beim Einrichten Ihrer neuen Wohnung wegholen musste. Ich hoffe, Sie haben Verständnis. Wir haben hier am Fundort schon einiges abgearbeitet. Darf ich Ihnen Herrn Zott vorstellen. Er hat den Toten gefunden."

Solm schüttelt Herrn Zott, einem zerzausten Riesen, die Hand. Der Mann ist zwar unrasiert, hat aber saubere Klamotten an.

„Ja, Herr Zott, dann erzählen Sie mal." Er schaut in ein paar klare, ehrliche Augen.

„Nun, Herr Kommissar, wo soll ich anfangen? Ich habe

hier gestern Nacht geschlafen." Er zeigt auf das kleine Bündel neben dem Fahrrad: „Das sind meine Besitztümer. Nachdem mein moralisches und ethisches Denken und Handeln im Job nicht besonders geschätzt wurde und ich bei meiner Frau und bei anderen wohl ständig für Unmut gesorgt habe, bin ich sozusagen ausgestiegen. Heute bin ich trotz aller durchstandenen Ängste und kalten Nächte ein glücklicher Mensch!"

„Herr Zott, das freut mich ungemein. Allerdings möchte ich mit Ihnen nicht unbedingt philosophische Lebensbetrachtungen anstellen, sondern von Ihnen wissen, wie Sie den Toten gefunden haben."

„Nun, wie gesagt, ich habe da drüben geschlafen. Ich habe mein Zelt im Dunkeln aufgebaut, sonst hätte ich ihn wahrscheinlich gestern schon gesehen. Heute Morgen musste ich mal. Sie wissen schon: „größeres Geschäft", und dann bin ich diesen kleinen Pfad zu der Lichtung raus. Und da sah ich den Mann, beziehungsweise was von ihm übrig war. Ich schätze, dass der Exitus einige Monate zurückliegt.

Das wird man bei der Obduktion wohl genauer bestimmen können. Übrigens, ich wusste nicht, dass solche Teufelsfallen bei uns noch gestattet sind", dabei weist er auf das Tellereisen.

„Das halte ich kaum für möglich", sagt Solm. „Hat man Ihre Personalien schon aufgenommen?" will Solm wissen.

„Hier sind sie", sagt Frau Koch, die sich wieder zu den beiden gesellt hat. Zott übergibt ihm sogar eine Visitenkarte.

„Sie haben ja eine richtige Adresse", äußert der Kommissar erstaunt, „ich dachte, Sie sind ausgestiegen?"

„Stimmt schon, aber ich bin eine Art Gutwetteraussteiger, von März bis Oktober bin ich mit dem Rad auf Achse. Im Winter können Sie mich unter dieser Adresse erreichen."

„Im Falle, dass wir noch Fragen haben sollten, ein Handy haben Sie in der Gutwetterphase nicht zufällig dabei?"

„Doch, doch, die steht auf der Karte, das ist meine Handynummer. Man kann ja nie wissen. Man fällt vom Rad und braucht einen Arzt, oder man findet eine Leiche, die entsorgt werden muss."

„Vielen Dank, Ich wünsche Ihnen noch eine gute Reise, Herr Zott. Nur interessehalber: Was haben Sie gemacht, bevor Sie ausgestiegen sind"?

„Ich habe Dachgeschosse entrümpelt; auch ich kenne die Banalität des Bösen."

„Wie bitte?"

„Ich bin Seelenklempner."

Er packt seine Siebensachen auf das Rad und schiebt es zurück zum Weg. Solm schaut ihm gedankenverloren nach.

„Ob das eine Alternative zum Polizeijob wäre?"

Solm begrüßt Nemic, der gerade erst angefangen hat, nach Spuren zu suchen. „Wie sieht' s aus, mein Lieber?"

„Wir haben den Ausweis gefunden. Es scheint wirklich der vermisste Burke zu sein. Aber Martin, irgendwie ist die Sache merkwürdig. Da tritt ein junger Kerl in eine Falle, mit der man wohl Dinosaurier fangen könnte. Wo kommt so´n Ding her? Was will man damit, wenn man hier in der Gegend höchstens Kaninchen fängt? Wenn alle Fingerabdrücke im Kasten sind und alles fotografiert ist, machen wir die Falle auf."

„Warum?"

„Ich wette mit dir, dass ich das Ding mit ein wenig Kraftaufwand aufbekomme. Warum hat der junge Mann das nicht gemacht?"

„Kann er bewusstlos gewesen sein? Ich meine, durch den Blutverlust?"

„Sicher, nach einer Weile schon, aber doch nicht sofort."

„Gut, warten wir die Obduktion ab. Das hat mein ambulanter Psychiater auch gerade vorgeschlagen."

„Was redest du jetzt für einen Quatsch?"

„Habe nur laut gedacht."

Während Solm mit Frau Koch zum Auto läuft, schaut sie ihn von der Seite an. Ihre Blicke treffen sich.

„Herr Solm, Sie haben damals nach unserem Besuch bei Frau Heller etwas geahnt. Wie sieht's heute bei Ihnen aus?"

„Ach, ich bin etwas vorsichtiger geworden mit meinen Vermutungen."

„Prima, denn ein guter Ermittler legt sich nicht so schnell auf eine Richtung fest", erwidert seine Vorgesetzte. „Was werden Sie als Nächstes tun?"

„Das private Umfeld vom Burke noch intensiver abklären. Mit der Verwandtschaft, den Freunden, Bekannten, Nachbarn und Kommilitonen sprechen."

„Sehr gut. So wie ich das sehe, könnte dies ein Fall für die Kriminalstatistik werden."

„Aha, jetzt sprechen sogar Sie schon über einen Fall, dabei ist er es doch angeblich nicht!".

„Ich fürchte, dass es bald einer sein wird", antwortet sie und verabschiedet sich von ihrem Kollegen.

„Treffen wir uns im Büro. Ich telefoniere mit Herrn Burke und sage ihm, dass wir ihn zusammen mit seiner Frau zu Hause besuchen möchten. Danach können wir noch zu Frau Heller fahren."

Die Burkes sind, wie zu erwarten war, am Boden zerstört. Der Senior bringt kaum ein Wort heraus. Seine Frau aber äußert ihre Wut über die Art und Weise, wie die verantwortlichen Behörden mit ihrer Vermisstenanzeige umgegangen sind.

„Vielleicht hätten Sie ihm noch helfen können, wenn Sie auf mich gehört hätten. Vielleicht wäre mit einem Suchtrupp ..., vielleicht, ...vielleicht ..."

Die beiden Polizisten sind mit solchen Situationen vertraut und bemühen sich, Contenance zu bewahren. Sie haben gelernt, dass viele Leute sich die Sachen von der Seele reden und dadurch psychische Ventile öffnen.

Bei der Verabschiedung äußert sich Herr Burke zum ersten Mal: „Wenn er bloß die Witwe nicht kennengelernt hätte ..."

„Was meinen Sie damit?", fragt Frau Koch

„Ach, gar nichts, sie hat ihn eben nur vom Studium abgehalten und Flausen in den Kopf gesetzt."

Eine knappe Stunde später öffnet Frau Heller mit verheulten Augen die Tür.

„Kommen Sie herein. Ich weiß schon Bescheid. Frau Burke hat mich vorhin angerufen. Ich bin fix und fertig."

„Hat Frau Burke Ihnen nur Bescheid gegeben oder Sie auch beschuldigt?", entschlüpft es Solm.

„Sie hat gesagt, dass ihr Mann meint, dass ich Schuld habe, dass Ulli nicht mehr so oft in die Uni ging. Wenn Sie das mit der Beschuldigung meinen? Was ist genau passiert?"

„Ihr Freund ist in der Nähe von den Klippen in eine Falle getreten, aus der er sich wohl nicht befreien konnte. Wir müssen die Obduktion abwarten, unter Umständen erfahren wir dann mehr."

„Das verstehe ich nicht. Dann ist er gar nicht weggefahren. Ob die Leute, die ihn erpressten, etwas damit zu tun haben?"

„Wir wollten Sie nur über das Ableben Ihres Freundes informieren. Wir wissen sonst noch nichts, Frau Heller. Sie hören von uns, wenn's Neuigkeiten gibt."

Es kam, wie Frau Koch vermutete: Der Kollege von der Pathologie rief Solm am übernächsten Tag an und bat ihn, ins Labor zu kommen.

„Tut mir leid, Martin. Mit einer solchen halb skelettierten Leiche dauert es eben ein wenig länger. Schau mal, was wir alles gefunden haben. Einmal haben wir Fusseln im Mundbereich entdeckt, die darauf hindeuten könnten, dass sein Mund mit einem Pflaster zugeklebt war. Dann haben wir am Waldboden und am Arm einige recht merkwürdige Stoffreste gesammelt. Schau, das hier ist eine Vergrößerung. So ähnlich sah das Material des Pettycoats von meiner ersten Freundin aus. Kannst du damit etwas anfangen?"

Solm schüttelt den Kopf: „Nein, sieht ein wenig aus wie die Verzierungen auf einem Karnevalskostüm. „Wie sieht's mit weiteren Spuren aus?"

„Leider negativ, Martin, vorausgesetzt, du meinst nicht die Bissspuren der Tiere, die ihn ein wenig angenagt haben."

KAPITEL 13

Koch und Solm teilen sich die Aufgaben in Bezug auf die Befragungen der Personen, die dem Toten nahestanden oder ihn gut gekannt hatten.

Kurz vor den Semesterferien fährt Solm zur Uni. Er weiß, welche Fächer Ullrich belegt hatte, und geht einfach in die Vorlesung. Er fängt den Professor ab, der das Überziehen der akademischen Viertelstunde offensichtlich sehr genau nimmt, und schildert ihm seine Bitte.

„Selbstverständlich, Herr Kommissar, ich habe von dem bedauerlichen Vorfall gehört. Wenn Sie meinen, dass es hilft, fragen Sie nur."

Der Polizist betritt den Hörsaal und stellt sich den Studenten kurz vor. Dann erklärt er, dass er eine Liste der Kommilitonen aufstellen will, die intensiveren Kontakt mit dem Verstorbenen hatten. Es fallen zwei Namen. Die Herren könne er wahrscheinlich bei einer anderen Vorlesung um 11.00 Uhr antreffen.

In dieser Vorlesung hat der Polizist es mit einer Professorin zu tun. Auch sie zeigt Verständnis und bittet ihn, mit hereinzukommen. Solm sagt seinen Spruch nochmals auf. Die beiden benannten Personen sind anwesend. Sonst meldet sich niemand. Er bittet die beiden, sich nach der Stunde mit ihm in der Mensa zu treffen.

„Danke, dass Sie gekommen sind; Sie wissen schon, worum es sich handelt. Ich bin dabei zu überprüfen, wer Umgang mit Ullrich Burke hatte. Ihre Namen wurden genannt. Meine erste Frage: Macht's Ihnen etwas aus, wenn wir dieses Thema zu dritt besprechen?"

Die beiden wechseln einen kurzen Blick und sagen fast

gleichzeitig: „Ist schon O.K."

Und weiter möchte ich von Ihnen wissen, ob es zutrifft, dass Sie ihn persönlich gut kannten."

Nachdem auch hier eine kurze Bestätigung erfolgt, sagt er: „Gut, dann erzählen Sie mal. Was haben Sie zusammen gemacht? Gab's noch andere gute Freunde oder Freundinnen, mit denen er Umgang hatte? Ist Ihnen vor seinem Verschwinden etwas Besonderes aufgefallen?" Während das Dreiergespann eine gute halbe Stunde zusammensitzt, macht der Kriminalist sich Notizen.

„Ich danke Ihnen herzlich. Hier ist meine Karte. Sollte Ihnen noch etwas einfallen, das uns weiterhelfen könnte, rufen Sie mich bitte an."

Die jungen Männer verabschieden sich und verlassen die Mensa, während Solm seinen Kaffee austrinkt. Er stellt das Tablett mit den leeren Tassen in die dafür vorgesehene Vorrichtung und geht zum Ausgang.

In der Tür stößt er fast mit einem der beiden Studenten zusammen, die den Raum vor einigen Minuten verlassen haben. Er erinnert sich: Frank Vollmers. „Haben Sie etwas vergessen?"

„Nein, Herr Kommissar, da gibt's noch etwas. Ich habe das nur nicht erzählt, weil ich nicht wusste ..."

„Schon gut, setzen wir uns noch mal hin. Trinken Sie einen Kaffee mit?"

„Nein danke, ich muss noch weiter."

„Was haben Sie noch nicht erzählt?"

„Ich weiß nicht, ob's wichtig ist. Der Ulli hat mein Boot ein paar Mal ausgeliehen. Das war mitten im Winter. Das fand ich schon komisch, es war damals eisig kalt. Ich dachte wirklich, dass er sich ein Stück Land an der Küste ansehen wollte. Na ja, er hatte sich doch so 'ne reiche Freundin geangelt."

„Wissen Sie, wo er hingefahren ist?".

„Keine Ahnung, vielleicht wissen das die Leute im Hafen."

Es ist richtig viel Betrieb im Hafen, Solm muss sich gedulden, bevor er mit dem Hafenmeister sprechen kann. Dieser zeigt auf das kleine, urige Gebäude der Küstenwache.

„Probieren Sie's bei den Herren da drüben, die haben eine bessere Übersicht und größere Mannstärke."

Solm wird freundlich empfangen. „Trinken Sie einen Kaffee mit?"

„Ja, gerne", erwidert der Ermittler.

Der uniformierte Kollege zeigt auf die Schnapsflasche: „'n kleiner Schuss gefällig?"

„Nein danke, schwarzer Kaffee ohne alles reicht mir."

„Was können wir denn Schönes für unsere Landrattenkollegen tun?"

Der Rechercheur zeigt das Bild von Ullrich Burke. „Kennen Sie diesen Mann?"

„Aber klar kenne ich den", sagt einer aus der Gruppe. Der war im Winter ein paar Mal hier. Hat sich von einem Freund ein Boot ausgeliehen. Muss ja ein wichtiger Mann sein, wenn jedermann nach ihm fragt."

„Dann bin ich nicht der Erste, der sich umgehört hat?"

„Stimmt, auch die Witwe von Herrn Heller wollte das wissen."

„Hat sie sich bei Ihnen vorgestellt?"

„Nein, ich kannte sie schon von früher. Sie war nach dem Unfall ihres Mannes hier und hat sich erkundigt."

„Wollte sie von Ihnen wissen, ob ihr Mann noch etwas gesagt hat?"

„Ja, das hat sie interessiert, wieso fragen Sie?"

„Ach, nur so", murmelt Solm.

„Wissen Sie, ich glaube, die hübsche Witwe ist eifersüchtig. Obwohl die beiden zusammen schon mal mit dem Boot unterwegs waren, wollte sie genau von mir wissen, ob und wann der junge Kerl vorher schon mit dem Kahn unterwegs war."

„Wann sind Frau Heller und Herr Burke mit dem Schiff unterwegs gewesen?"

„Ich schätze, so Anfang, Mitte Januar …, Moment mal …, sagten Sie gerade Burke?

Ist das nicht der Sohn des Bankdirektors? Ist er es, den man da oben tot aufgefunden hat?"

„Genau, das ist der Mann."

Der Ermittler fährt schnurstracks ins Büro und lässt sich die alte Akte „Bernd Heller" geben. Er liest sie nochmals sorgfältig durch. „Lässt sich ein Zusammenhang zwischen dem Tod von Heller und Burke herstellen?" Kannten die beiden sich? Oder kannte Frau Heller den Ullrich Burke schon vor dem Ableben ihres Ehemanns? Ist es gar ein Beziehungsdelikt?

Er kommt nicht weiter und fährt nach Hause. Niedergeschlagen über seinen Misserfolg lässt er sich in einen Sessel fallen, während Martina in der Küche etwas in den Ofen schiebt.

„Müde siehst du aus", sagt Martina, während sie sich an den Tisch setzen. „Schweren Tag gehabt?"

Und Martin berichtet über seine Gespräche mit den Studenten und den Wasserschutzkollegen.

„Verstehst du das, Martina, der junge Mann ist im Winter ein paar Mal mit dem Boot unterwegs gewesen. In der Eiseskälte. Und dann ist er im Januar noch mal zusammen mit der Witwe von Heller rausgefahren."

„Vielleicht zum Eisfischen" meint seine Frau schalkhaft.

„Ach Martina, mir ist überhaupt nicht zum Scherzen

zumute. Ich glaube, ich muss noch mal mit Frau Heller sprechen."

Nachdem er sich mit der Witwe auf einen weiteren Termin geeinigt hat, setzt er sich mit Frau Koch zusammen und schildert seine bisherigen Erkenntnisse.

„Sie haben Recht, Herr Solm, da gibt's einige Ungereimtheiten. Hat man etwas über die Falle herausgefunden?" Er sortiert seine Unterlagen, die teilweise lose im Dossier liegen.

„Hier habe ich es. Es handelt sich um eines der größten Tellereisen, die hergestellt werden. Sie werden z.B. für die Jagd auf Bären verwendet. Wurden bei uns nicht eingesetzt und sind seit vielen Jahren verboten. Das Teil könnte aus Russland oder Kanada importiert worden sein. Es war recht viel Blut von Burke auf dem Eisen, woraus man schließen könnte, dass er schwer verletzt wurde."

„Das deckt sich mit der Vermutung der Pathologie, dass eine Arterie verletzt gewesen sein könnte."

„Richtig. Und die Pathologen haben weiter bestätigt, dass der Blutverlust höchstwahrscheinlich auch die Ursache für sein Ableben war."

Der Polizist fährt zu seinem Termin mit Frau Heller. Sie sieht schon wesentlich besser aus als beim letzten Treffen. Er hat bei ihr das Gefühl, dass diese Frau sich selbst inszeniert. Sie ist höflich, kleidet sich der Situation angemessen, bietet ihm immer etwas an, aber er findet keinen richtigen Draht zu ihr.

„Entschuldigung, Frau Heller, dass ich Sie nochmals belästigen muss. Ich habe nur eine einzige Frage. Sie wissen ja, die üblichen Routinevorgänge …"

„Ist doch kein Thema, Herr Kommissar. Wenn ich dazu beitragen kann, dass Sie diese Verbrecher entlarven können."

„Frau Heller, ich war am Hafen, und da hat man mir erzählt, dass Sie im Winter mit Herrn Burke einen Bootsausflug gemacht haben. Können Sie mir sagen, zu welchem Zweck Sie unterwegs waren?"

Doris ist auf eine solche Frage vorbereitet. Und wieder greift sie zum bewährten Mittel, sie schluchzt: „Der arme Ulli, er tut mir so leid. Ja, Herr Solm, wir waren zusammen unterwegs. Ich spielte damals mit dem Gedanken, uns ein kleines Stück Land für ein Ferienhaus direkt an der Küste zu kaufen. Ulli meinte, dass man sich die Lage zuerst einmal vom Wasser aus ansehen sollte."

„Hmm, wo war das denn?"

„Tja, so genau weiß ich das nicht mehr. Wir sind nach Norden gefahren und haben uns verschiedene Grundstücke vom Boot aus angesehen."

„Hmm, nach Norden, also Richtung Klippen?"

„Ja genau, noch ein wenig weiter, glaube ich."

„Und, haben Sie etwas gefunden?"

„Nein, wir wollten uns dann doch lieber woanders etwas suchen." Der Kriminalist bedankt sich und fährt direkt nach Hause.

Seine Frau findet ihn ähnlich bedrückt vor wie vor einigen Tagen. „Wirst du krank, oder macht dir dieser Fall so zu schaffen?"

„Irgendetwas stimmt nicht bei der Geschichte. Und wieder ist diese Heller involviert. Ich habe das Gefühl, dass die beiden Todesfälle miteinander zu tun haben, nur komme ich einfach nicht dahinter."

Er informiert sie über den Stand der Untersuchungen und sagt resigniert: „Wir haben einfach nichts in der Hand!"

„Doch" erwidert Martina, „wir haben die Bilder, die Heller damals auf den Klippen gemacht hat. Die können wir uns doch ruhig nochmals ansehen."

„Wenn du meinst", äußert er müde.

Wie vor einigen Monaten sitzen Solm und seine Frau zusammen vor dem Bildschirm und schauen sich die letzten Aufnahmen von Heller an.

Dieses Mal nehmen sie sich mehr Zeit und genießen die ästhetisch aufgebauten ersten Fotos.

Nachdem sie die Reihe durchgesehen haben, sagt seine Frau: „Ist dir nichts aufgefallen?"

„Nein, warum?"

„Der Mann hat mittags 19 Bilder in knapp zwei Stunden gemacht. Das heißt, dass er zwischen den einzelnen Bildern im Schnitt gut vier Minuten brauchte, um sein Motiv einzustellen und zu fotografieren. Nun schau dir einmal die beiden letzten Bilder an, die er abends gemacht hat. Zwei verwackelte Bilder in der gleichen Minute, das passt doch nicht zu ihm."

„Na ja, Martina, soweit waren wir damals auch schon", beschließt Solm, während er die letzten Bilder auf dem PC noch einmal hin und her scrollt.

„Warte … warte mal. Gehe nochmal zurück. Nein … nein, ich meine das letzte Bild von der Mittag-Session. Ja genau. Siehst du das? Was ist das?"

„Sieht wie ein glitzernder Stein oder ein Stück Glas aus. Kannst du das vergrößern?"

„Ja, so groß kann ich es machen", und er fixiert die Stelle.

„Das ist kein Stein Martin, das ist eine Kette oder so etwas Ähnliches!"

„Ja, so sieht's aus. Was hat ein Schmuckstück auf den Klippen zu suchen? Da kommt doch kaum einer hin. Könnte es ein Kinderspielzeug sein?"

„Keine Ahnung. Auf dem Amt können die Jungs davon eine richtig große Vergrößerung anfertigen. Die lasse ich morgen machen. Und jetzt reicht's für heute. Wollen wir uns den Krimi im Fernsehen ansehen?"

Am Nachmittag liegt eine Vergrößerung von Solms „Heimfund" auf seinem Bürotisch. Das grobkörnige Bild zeigt ein Perlencollier mit Verschluss, das in einer kleinen Kuhle liegt. „Also, wohl kein Kinderspielzeug. Warum liegt das Schmuckstück am Todestag von Heller da und ist am nächsten Morgen verschwunden?" Denn dass es am Vormittag nicht da war, weiß er hundertprozentig. Sie haben damals die Unfallstelle sehr genau abgesucht. „Wenigstens oben", gesteht er sich ein. „Da müssen wir nochmals runter", sagt er leise und greift zum Telefon.

„Hallo, Jan, habe ich dich in deinem Mittagsschlaf gestört?"

„Ja, hast du", erwidert Nemic, „hat man nirgends seine Ruhe?".

„Hör mal, wir waren doch damals bei den Klippen, wo der Heller abgestürzt ist. Kannst du dich erinnern? Da müssen wir nochmal hin. Wann hast du Zeit?"

„Können wir morgen früh machen. Gibt's da irgendwelche Probleme?"

„Nein, Probleme nicht, Fragezeichen, würde ich sagen."

Um neun in der Früh stehen die beiden wieder an der Stelle des Absturzes. Solm erklärt, was auf den Bildern gefunden wurde. „Es könnte sein, dass die Kette vielleicht zwischen den Klippen liegt und du sie damals nicht gesehen hast. Du warst ja nicht sehr lange unten."

„Du hast Recht", erwiderte der Spurenexperte, „es gab damals auch keinen Grund dafür. Aber eine Kette hätte ich schon gesehen."

Er seilt sich ab und zieht als Erstes ein Bild aus seiner Tasche. Es ist ein Foto, das Wasserschutzkollegen damals von der Fundstelle gemacht haben. Währenddessen sucht Solm an Hand des Fotos von Heller nach der Kuhle, in der die Kette zu sehen ist. Er findet die Stelle sehr schnell, denn sie befindet sich exakt an der Absturzstelle.

„Volltreffer", sagt er sich. „Hier lag die Kette. Ob Heller sie vielleicht greifen wollte und dann herunterfiel? Eher unwahrscheinlich, dass er dabei noch seine Kamera in der Hand hielt."

Er richtet sich auf und starrt träumend über das Wasser. Die Flut geht langsam zurück. Unter einem verkrüppelten Baum, der sich durch den langen Widerstand gegen den Seewind gebogen hat, beobachtet er das Muster der Wellen, die sich an den Felsen brechen.

Jan Nemic findet die Felsenformation, von der die Wasserschutzpolizei den sterbenden Heller abtransportiert hatte, recht schnell.

„Ja genau, hier lag der Mann." Er sucht die ganze Umgebung gründlich ab. Nichts! Dann legt er sich auf den durch die Sonne schon ein wenig angewärmten Sand.

„So ungefähr müsste er dagelegen haben." Er inspiziert jetzt die Umgebung aus der Froschperspektive.

Solm wird jäh in seinen philosophischen Überlegungen gestört. „Martin, ich hab was. Komm doch mal runter." Obwohl er nicht gerne klettert, nimmt er das Seil und lässt sich vorsichtig herunter. Sein Begleiter ist für seine Verhältnisse sogar ein wenig aufgeregt. „Schau mal. Nein, du musst dich hinlegen, sonst siehst du es nicht. Guck, da im Schatten!"

Und der Polizist liest:

"e s war do ri s…"

Er richtet sich auf und atmet tief durch. Merkwürdigerweise muss er an die Lesestunde in der Schule denken, da hat er das erste Mal an Hand der gelernten Buchstaben ein richtiges Wort formuliert. Dieser Satz auf dem Felsen könnte der Durchbruch im Fall Heller/Burke sein! Denn dass dies jetzt Fälle sind, steht für ihn außer Zweifel.

„Sag mal Jan, die Schrift hört da so komisch auf. So nah am Felsen kann man doch gar nicht schreiben."

„Schieben wir den fetten Stein ein Stückchen zur Seite. Hilf mir mal, Tarzan!"

„Na siehst du, das Lied hat noch eine zweite Strophe!"

Jetzt liest Solm:

"e s war do ri s d I e ke tte li…"

Nachdem Nemic alles vermessen und fotografisch festgehalten hat, fahren sie wieder ins Büro.

„Martin, wie kamst du eigentlich auf die Idee, da unten zu suchen?"

„Deswegen", erwidert der jetzt wieder wesentlich energischer wirkende Beamte und zeigt ihm das Bild von dem Schmuckstück.

„Lag die Kette oben an der Unfallstelle?"

„Richtig geraten! Und deshalb wollte ich wissen, ob sie vielleicht heruntergefallen ist. Das scheint nicht der Fall zu sein. Also müssen wir sie woanders suchen."

„Aber rentiert hat sich die Suche doch... oder?"

„Das kannst du wohl laut sagen, mein Lieber. Du bist ein richtig guter Spürhund."

Nachdem alles zu Papier gebracht wurde, setzen sich nach einigen Tagen die Kollegen Koch, Solm und Nemic zusammen, um weitere Schritte zu besprechen. Frau Koch fasst zusammen:

„Was haben wir an neuen Erkenntnissen? Wahrscheinlich hat Herr Heller kurz vor seinem Tod noch einen Hinweis auf die Verursacherin seines Ablebens geben wollen. Die handschriftkundigen Spezialisten schließen nicht aus, dass Heller die Botschaft an den Felsen geschrieben hat. Aber, sie weisen darauf hin, dass Papier- und Felsschrift nicht leicht zu vergleichen sind.

Dann das Collier. Gute Arbeit übrigens! Es lag zweifelsohne am Abend des Unfalls auf den Klippen und war am nächsten Morgen verschwunden.

Jetzt wenden wir uns Herrn Burke zu. Er ist kurz nach dem Absturz einige Male herausgefahren.

Er kann bei der Unfallstelle gewesen sein und das Collier gefunden haben.

Es ist außerdem nicht ausgeschlossen, dass er die Botschaft selbst auf den Felsen geschrieben und Frau Heller erpresst hat. Vielleicht hat ihr das Collier sogar gehört? Es gibt viele, viele Alternativen.

Ich schlage vor, dass wir uns bei den Juwelieren umhören, was für eine Art Collier es ist. Wenn wir Glück haben, finden wir vielleicht den Käufer. Nachdem Herr Burke offensichtlich irgendwie in die Sache verwickelt war, sollten Sie sein Zimmer vielleicht einmal richtig auf den Kopf stellen. Also Wände, Fußböden usw. Hat er auch einen Keller?"

Während Frau Koch die Juwelierrunde dreht, geht Martin Solm zusammen mit Jan Nemic nochmals zur Wohnung von Burke. Sie wundern sich, dass sie immer noch unverändert ist. Der Hausmeister klärt sie auf: „Der Vater von Herrn Burke war hier. Er hat darauf bestanden, die Miete weiter zu bezahlen, bis sein Sohn wieder da ist. Ich habe ihm telefonisch kondoliert. Im Laufe des Monats will er alle

Sachen, die noch in der Wohnung sind, abholen lassen. Eine tragische Geschichte. Der arme Junge. Ich konnte ihn gut leiden."

Die beiden Polizisten erklären, was sie vorhaben. „Kein Problem, meine Herren. Hauptsache, alles wird hinterlassen wie es war."

Solm weiß nicht mehr genau, ob der Laptop, der auf dem Tisch steht, bei der ersten Begehung der Wohnung schon vorhanden war.

Nachdem er ohne Passwort nichts eruieren kann, packt er das Gerät ein. Mal sehen, was die Techniker auf dem Amt damit anstellen können. Dann macht er es sich im antiken Schaukelstuhl gemütlich und fängt an, die Bücher durchzublättern.

Nemic räumt den Teppich weg und schaut sich kniend alle Bretter genau an.

Um die Mittagszeit hat Solm knapp die Hälfte der Lektüre in der Hand gehabt, aber außer einigen unbedeutenden Lesezeichen und Zeitungsartikeln, die sich auf das jeweilige Buch oder das Thema der Literatur beziehen, nichts gefunden.

Spürhund Nemic hat, nachdem die Holzbretter nichts hergaben, potenzielle Verstecke hinter den Wänden gesucht und inspiziert momentan die Decke.

„Er räuspert sich: „Martin, es ist langsam Zeit für einen Snack, es ist schon bald halb eins. Ich habe vorhin eine Thai-Küche hier um die Ecke gesehen. Was hältst du davon?"

„Ist eine gute Idee. Für mich etwas Süßsaures mit Hühnchen, bitte."

Das mitgebrachte Essen ist gut, und die beiden genehmigen sich ein Bier aus dem Kühlschrank. „Ich hoffe, dass der alte Herr Burke keine Inventur gemacht hat, sonst haben wir eine Anzeige wegen Diebstahls oder Mundraubs am Hut."

„Das glaube ich kaum, so ein Banker schaut nicht auf ein paar Pullen Bier. So, ich mach mich wieder ran. Ich glaube zwar nicht, dass es viel bringt, aber Befehl ist Befehl", und öffnet ein weiteres Buch mit dem Titel: „JuS Auslandsstudienführer".

Er weiß nicht, warum die gefalteten Din-A4 Seiten, die herausfallen, ihn elektrisieren, denn er kann noch gar nichts lesen; aber sein Instinkt kam ihm schon immer besser als alles Wissen zustatten. Und war auch dieses Mal wieder goldrichtig.

„Jan, schau dir das einmal an. Hier auf der einen Seite ein Bild von einem Brillenglas mit deutlich sichtbaren Fingerabdrücken. Und jetzt schau mal das Foto auf dem anderen Blatt."

Nemic nimmt die Seite in die Hand, und buchstabiert:

"e s war do ri s d I e ke tte li…"

„Höchst interessant. Das kommt mir sehr bekannt vor. Um diesen Satz zu finden, habe ich mich wie im Zirkus im Sand verrenken müssen, und du sitzt bequem in Opas Schaukelstuhl und bekommst ihn frei Haus geliefert. Und was sagt uns das jetzt?"

„Gute Frage, auf jeden Fall wissen wir jetzt, dass Burke den Text kannte. Ob er das Gekritzel selbst inszeniert hat oder nur davon gewusst hat, bekommen wir auch noch heraus."

„Er war einige Male mit dem Boot draußen. Wir haben doch bei der Besprechung mit Koch auch Erpressung als Möglichkeit ins Auge gefasst."

„Aber Martin, dann wären die doch schon lange nicht mehr zusammen?"

„Sicher, außer er hat ein heimliches Theater veranstaltet."

Zusammen überprüfen die Polizisten die restlichen Bücher. Sie finden nichts Erwähnenswertes mehr und verlassen die Wohnung.

KAPITEL 14

Frau Koch klappert zur gleichen Zeit alle Juweliere ab. Nach dem dritten Besuch weiß sie wenigstens, dass das Collier wahrscheinlich echt und nicht billig ist.

Nach sechs Tassen Kaffee in drei verschiedenen Cafés ist sie zwar ein wenig aufgekratzt, aber nicht richtig weiter gekommen. Die führenden Geschäfte hat sie alle besucht, aber an Hand des Fotos konnte oder wollte man sich nicht festlegen, ob man dieses Collier verkauft hat. Neben dem letzten Café, das sie besucht, wirbt ein Laden für Ankauf von Gold, Schmuck und Reparaturen.

„Na, vielleicht haben die einen Tipp für mich, wohin ich mich noch wenden könnte."

Sie betritt das kleine saubere Geschäft und wird von einem jungen, indisch aussehenden Mann freundlich begrüßt.

„Guten Tag, wie kann ich Ihnen helfen?"

„Auch guten Tag." Sie zeigt ihre Marke. „Ich hoffe, Sie können mir helfen. Kennen Sie sich in der Stadt gut aus?"

„Ich glaube schon, ich bin immerhin hier gezeugt und geboren worden."

„Schauen Sie, hier habe ich eine Liste mit Juwelieren. Ich habe sie alle besucht. Ist sie komplett? Oder fehlen da Geschäfte?"

Der Verkäufer studiert die Aufstellung genau. „Da sind alle wichtigen Läden aufgeführt. Ich kenne sie alle, da wir für die meisten Reparaturen durchführen. Worum geht's Ihnen eigentlich; oder ist das zu indiskret?"

Die Polizistin zeigt ihm das Bild vom Collier. „Ich versuche herauszufinden, wo es gekauft wurde."

„So gut kenne ich die Angebote der einzelnen Händler leider nicht. Ich kann mal meinen Vater fragen, der hatte früher auch einen Laden, in dem er Schmuck verkauft hat. Petarh, kannst du mal kommen!"

Ein schöner Inder mit weißem Haar und grauem Schnurrbart in undefinierbarem Alter tritt ein. Er grüßt genauso höflich wie sein Sohn. „Guten Tag, gnädige Frau, wie kann ich Ihnen behilflich sein?"

Der Junior stellt die Kommissarin kurz vor. Auch der Ältere sieht die Liste durch und bestätigt die Aussage seines Sohnes. Dann schaut er sich das Bild von der Kette eine ganze Weile an.

„So eine hatte ich mal hier zur Reparatur. Ist zwei, drei Jahre her, schätze ich. Ob es die gleiche ist, kann ich Ihnen nicht sagen. Da müsste ich mir die Kartei ansehen. Wissen Sie, ich mache die Reparaturen an teuren Ketten immer selbst, denn wenn einer von den Jungs Murks macht, geht das zu Lasten unseres guten Rufes. Ich brauche für die Suche allerdings schon ein halbes Stündchen. Haben Sie noch etwas zu erledigen? Ich suche es Ihnen gerne raus. Übrigens, hier nebenan gibt's ein nettes Café für den Fall, dass Sie mal ein gutes Tässchen Kaffee trinken möchten."

Dieses Mal trinkt die Ermittlerin ein Kännchen Schokolade.

Noch in der offenen Ladentür fällt ihr das zuversichtliche Lächeln des Seniors auf.

„Hat's Ihnen geschmeckt, gnädige Frau? Ich habe den Vorgang tatsächlich gefunden. Schauen Sie, ich mache von allen kostbaren Stücken zuerst einmal ein Bild. Das hat zwei Gründe. Erstens kann ich dem Kunden den Zustand vor und nach der Mängelbeseitigung zeigen, und ferner ist es praktisch für die Versicherung, wenn mal etwas gestohlen wird. Die Dame hat zwei Schmuckstücke reparieren lassen. Einmal diesen wunderbaren Ring. Bei dem wurde ein verlorener Diamant ersetzt. Und dann die Kette. Sehen Sie, es ist ein besonderes Stück, der große integrierte Verschluss ist eine seltene, sehr interessante Variante. Er wurde bei uns instand gesetzt."

Koch überfliegt die Rechnung und die Bilder. Ihre Koffein-Lethargie ist wie weggeblasen und durch ein Hochstimmungsgefühl abgelöst. Die Quittung lautet auf den Namen Doris Heller!

Am nächsten Vormittag setzt sich das Dreiergespann wieder zusammen. Die Auswertung des PC's von Ullrich Burke hat nichts gebracht. Nach zwei Stunden Brainstorming wird beschlossen, Doris Heller in Bezug auf die Schrift am Felsen und das Collier noch nicht anzusprechen, sondern es soll zuerst einmal versucht werden festzustellen, ob die Kette überhaupt noch in ihrem Besitz ist. Sollte dies der Fall sein, gehört sie zweifellos zu den Verdächtigen.

Solms Vorschlag, Frau Heller zu bitten, ihm das Zimmer von Burke nochmals zu zeigen, findet Anklang. Was er nicht erwähnt, ist die Tatsache, dass er mehr als Burkes Zimmer sehen möchte. Sein Plan ist ausgeklügelt und funktioniert. Er weiß, wann und wie spät Doris Heller Tennis spielt. Eine halbe Stunde bevor sie gehen muss, klingelt er in der Villa.

„Guten Morgen, Frau Heller. Entschuldigen Sie die nochmalige Störung. Wir ermitteln immer noch im Fall Ihres Freundes, und ich möchte sein Zimmer gerne nochmals genau unter die Lupe nehmen. Sie haben uns jede erdenkliche Hilfe zugesagt. Da ich den Fall bald abschließen möchte, wäre das sozusagen meine letzte Amtshandlung."

Doris zögert einen Moment. „Ich muss in zwanzig Minuten zum Tennis. Dauert es lange?"

„Ich glaube nicht", antwortet der Polizist.
Er liegt gerade auf seinen Knien und schaut sich die Holzböden an, als Doris eintritt. Der Teppich ist weggezogen,

und es sieht nicht danach aus, dass der Ermittler bald fertig ist.

Sie ist so zuversichtlich, dass im Haus absolut nichts Belastendes zu finden ist, dass sie ihm vorschlägt, einfach die Tür abzuschließen und den Schlüssel in den Briefkasten zu werfen, wenn er fertig ist. „In der Küche steht noch warmer Kaffee, fühlen Sie sich wie zuhause."

Solm schaut gekonnt zerstreut hoch und bedankt sich.

Mit einem überwältigenden Hochgefühl verlässt Doris das Haus. „Mensch, das bringt Pluspunkte", sagt sie sich. „Besser kann man nicht zeigen, dass man nichts zu verbergen hat!"

Der Kriminalist öffnet das Fenster zur Vorderseite des Hauses, damit er ein eventuell vorfahrendes Auto wahrnimmt, und begibt sich ins Schlafzimmer der Witwe. Der Schmuckkasten ist größer als eine Beauty Case und bis zum Rand gefüllt mit Ringen, Ketten, Anhängern und beinhaltet bestimmt zwei Dutzend Schmuckstücke.

Es glitzert, funkelt und strahlt überall. Schon nach Sekunden hält er das Collier in der Hand. Das ist es, unverkennbar! Er legt es auf ein Blatt Papier und vermisst es exakt; dann wird es von allen Seiten fotografiert. Dabei fällt ihm ein sehr kleines, ihm unbekanntes Zeichen auf der Innenseite des Verschlusses auf. Sieht aus wie eine Drei mit einem kleinen Anhängsel.

Er ist sich sicher, keine weiteren belastenden Objekte zu finden, schließt Fenster und Tür und wirft den Schlüssel ein.

Mit den Bildern sucht er am nächsten Tag den indischen Händler auf. Er stellt sich vor und bittet den alten Herrn, einen Blick auf seine Fotos zu werfen. „Sie wurden von Ihrer Kollegin schon angekündigt. Sie sind ganz schön schnell."

Beim Betrachten der Aufnahmen lächelt er: „Das habe ich Ihrer Kollegin gegenüber ganz vergessen zu erwähnen. Bei meinen Reparaturen hinterlasse ich dieses Zeichen, soweit es möglich ist, immer an einer nicht störenden Stelle. Die meisten Kundinnen nehmen es gar nicht wahr, und wenn sich wirklich mal eine beschwert, sage ich, dass es eine Art Garantiezeichen von mir ist und Glück bringt. Ich habe es noch nie entfernen müssen."

„Was bedeutet es?"

„Es ist das sogenannte Om-Zeichen. Das Symbol hat mit göttlicher Energie und unserer Existenz zu tun. Es weist auf das Allwissende in uns hin. Es ist zugleich Philosophie und Religion. Diese Kette ist durch meine Hände gegangen!"

Solms Stimmung ist euphorisch, und er betritt pfeifend das Büro. Kollegin Kaiser hat ihn schon lange nicht mehr so aufgeräumt erlebt.

„Na Martin, hast du eine neue Freundin oder bist du wieder befördert worden?"

„Großes Geheimnis, meine Liebe. Sei bloß nicht so indiskret."

Auch Frau Koch entgeht es nicht, dass sich Martin in bester Laune befindet. „Sieht danach aus, dass Sie erfolgreich waren. Hat der Inder die Kette repariert?"

Er bejaht und er schildert den Ablauf seines Besuches im Laden. Seine Vorgesetzte lässt sich ihm gegenüber auf einem unbequemen Stuhl nieder.

„Schön, jetzt sind wir wieder ein Stück weiter. Frau Heller gehört nun auf jeden Fall zu den Verdächtigen, und zwar für beide Morde."

Ihr Kollege wirft ein: „Und es ist die einzige Verdächtige, die wir haben. Wäre Burke nicht so ums Leben gekommen, sondern vom Auto überfahren worden, hätten wir nie einen potenziellen Mordfall Bernd Heller gehabt."

„Stimmt, Herr Solm. Allerdings haben wir nach wie vor keinen schlüssigen Beweis. Ich gebe zu, dass die Frau sehr stark verdächtig ist, aber wir brauchen mehr, um Anklage zu erheben. Haben Sie eine gute Idee, wie wir jetzt weiterkommen?"

„Ja, habe ich, Frau Koch". Und der Polizist erläutert seine Vorstellung von den nächsten Schritten. Obwohl die Kommissarin auf Grund der Kosten der von ihm vorgeschlagenen Aktion skeptisch ist, bekommt er grünes Licht, weil plausibel wird, dass er hiermit Frau Heller höchstwahrscheinlich überführen kann.

An Hand der Bilder und seiner Vermessung lässt er eine genaue Kopie des Colliers anfertigen. Die Perlen sind zwar unecht, aber das fällt nur einem Profi auf. In dem überproportional großen Verschluss wird ein Minisender eingebaut.

Die nächste Phase von Solms Plan kann eingeläutet werden. Das größte Problem wird sein, die Kopie gegen das Original auszutauschen. Dafür hat er immer noch kein richtiges Konzept. Ein weiterer Besuch bei der Witwe kurz vor der Tennisstunde würde zu sehr auffallen. Reines Improvisieren geht ihm gegen den Strich.

Dann kommt ihm die göttliche Eingebung. Er ruft in der Tennishalle an und macht einen Termin mit dem Geschäftsführer aus. Der noch junge, ein wenig wortkarge Mann empfängt den Kriminalisten und hört sich seine Bitte an. Er wundert sich offensichtlich sehr, aber ist bereit mitzumachen und, was wichtig ist, vollkommenes Stillschweigen wird vereinbart.

Am darauffolgenden Montag um zehn Uhr machen sich ein Dutzend Damen und Herren im Tenniscenter bereit, unter die Dusche zu gehen.

Im Moment, in dem die Ersten feststellen, dass kein Tröpfchen Wasser herauskommt, hören sie die Durchsage der Dame am Empfang: „Meine Damen und Herren, es tut uns sehr leid, aber wir haben einen Rohrbruch, und Sie können heute leider nicht duschen. Wir entschuldigen uns für die Unannehmlichkeiten und hoffen auf Ihr Verständnis."

Doris und ihre Freundin stehen splitternackt im Umkleideraum und schimpfen wie die Rohrspatzen. „Mensch, das ist blöd. Jetzt, wo wir so schwitzen. Wenn ich das gewusst hätte, hätte ich mich gar nicht ausgezogen. Und gerade jetzt, wo's heute Morgen so frisch ist."

Sie trocknen sich so gut es geht ab und zwängen sich in ihre Kleidung. Dann fahren beide schnurstracks nach Hause, damit sie unter die warme Dusche kommen.

Solm trifft fast zeitgleich mit der Witwe bei der Villa ein. „Hallo Frau Heller, das trifft sich gut, dass Sie gerade nach Hause kommen. Ich wollte einiges mit Ihnen besprechen. Haben Sie ein paar Minuten für mich?"

„Selbstverständlich, Herr Kommissar, ich springe nur noch kurz unter die Dusche. Wissen Sie, in der Tennishalle war das Wasser abgestellt. Mein Rücken ist immer noch nass und ich möchte mich nicht gerne erkälten. Kann ich Ihnen etwas anbieten?"

„Nein, vielen Dank, ich schaue in der Zwischenzeit mal in die Zeitung."

Nachdem er die Dusche plätschern hört, huscht er ins Schlafzimmer und tauscht das Corpus delicti aus. Er ist innerhalb einer Minute wieder hinter dem Tageblatt.

Doris kommt mit noch feuchten Haaren in einem weißen Frotteemantel aus dem Bad.

„Na, fühlen Sie sich jetzt wieder besser?", fragt er mit einer theatralischen Prise Herzlichkeit.

„Ja, vielen Dank, Herr Solm. Jetzt geht's mir wieder richtig gut. Ich dachte, Ihre Amtshandlungen sind schon abgeschlossen?"

„Nun, Frau Heller, wir haben neue Erkenntnisse zum Ableben Ihres Mannes gewonnen und haben einige Fragen an Sie."

Er legt das grobkörnige Bild vom Collier auf den Tisch. „Verstehen Sie, wir haben ein Problem, das wir nicht lösen können. Vielleicht können Sie uns helfen. Dieses Bild ist eine Ausschnittvergrößerung eines Bildes, das Ihr Gatte am Tag seines Unfalls auf den Klippen gemacht hat. Es ist eine Kette, und sie lag in einer Kuhle ungefähr einen Meter entfernt vom Rand. Haben Sie eine solche Kette schon einmal gesehen?"

Der Ermittler registriert, dass ihr die Hände leicht zittern. Ihre Stimme versagt einen kleinen Moment, und ihr Schweigen wird nur von dem unerbittlichen Ticken der großen Standuhr unterbrochen.

Dann hat sie sich wieder gefasst: „Nein, eine solche Kette habe ich ganz bestimmt nicht."

Nachdem Solm weg ist, wirft sie sich auf die Couch und heult vor Wut. „Verdammt, wie konnte das passieren?" Sie entsinnt sich, dass Bernd mittags noch eine letzte Aufnahme gemacht hat, nachdem sie das Collier auf dem Felsen abgelegt hatte. Er war bestimmt zwanzig Meter von der Stelle entfernt.

Sie überlegt: „Ja, möglich ist es. Er stand da mit seinen komischen Spindelbeinen mit so einem Dreibein auf einem Fels. Da hat man schon einen anderen Winkel."
Eins weiß sie genau. Das Collier muss verschwinden. Und zwar so schnell wie möglich, bevor die Polizei auf die Idee kommt, eine Hausdurchsuchung vorzunehmen. „Wo kann ich es loswerden, ohne dass es entdeckt wird? Vergraben wäre eine Möglichkeit. Nein, ich werfe es ins Wasser, damit ich nicht in die Versuchung komme, es eines Tages wieder

auszubuddeln".

Sie stellt ihren Wecker auf zwei Uhr in der Nacht und fährt zum Hafen. Die Stadt ist dunkel und menschenleer. Sie begegnet keinem einzigen Auto.

Die Dunkelheit schwebt schwerelos über den Schiffen. Im Schatten der Fischumschlagshalle parkt sie das Auto. Sie wartet zehn Minuten. Nachdem sich nichts rührt, steigt sie aus und läuft die Mole entlang.

Die Brandungswellen schlagen an die Mauer. Am Ende der Landebrücke angekommen, schaut sie sich nochmals um. Es bleibt ruhig, keiner folgt ihr. Sie nimmt das zu Hause sorgfältig von etwaigen Fingerabdrücken gereinigte Collier aus ihrer Tasche, holt weit aus und wirft es in hohem Bogen so weit wie möglich ins Meer. „So, das bin ich los. Und wenn's eines Tages wirklich mal gefunden werden sollte, hat das mit mir nichts zu tun!"

Sie läuft wieder zurück zum Festland. Plötzlich fängt ihr Herz an zu rasen und das Blut gefriert in ihren Adern. Am Ende des Piers steht eine dunkle Gestalt. Ihr schwant Böses. Sie bleibt abrupt stehen.

Kommissar Solm ist nach seinem Besuch in der Villa sofort ins Präsidium gefahren und hat mit Frau Koch eine Art Schichtdienst vereinbart.

Vierundzwanzig Stunden behält er den Empfänger des kleinen Senders und dann soll gewechselt werden. Dass er bei seiner ersten Schicht schon erfolgreich ist, hat er sich nicht träumen lassen. Das Collier bewegt sich. An Hand der Geschwindigkeit zu urteilen, muss es in einem Auto unterwegs sein.

Er ruft Frau Koch an. „Ich weiß, dass Sie schlafen und ich momentan zuständig bin. Trotzdem wollte ich Sie informieren, dass die Kette eine Reise angetreten hat. Richtung Stadtmitte. Möchten Sie involviert werden oder lieber weiterschlafen?"

„Ich bin schon fast angezogen, lassen Sie das Telefon auf Empfang und halten Sie mich bitte auf dem Laufenden."

„Guten Morgen, Frau Heller. Kommen Sie ruhig näher, ich beiße nicht. Ist eine schöne Nacht für einen Hafenspaziergang. Meinen Sie nicht?"

„Wie ... was ... eh ... ja, es ist schön." Sie hat sich schon wieder einigermaßen gefasst.

„Entschuldigen Sie, ich hatte Angst. Ich habe nur gesehen, dass da jemand steht und man weiß ja nicht ... na ja, ... wer da mitten in der Nacht ..."

„Klar, Frau Heller, das verstehe ich doch." Während er mit der Witwe spricht, hält er sein Handy weiter in der Hand und läuft mit ihr den Pier hinunter zum Hafengelände. Ein Autogeräusch nähert sich dem stillen Hafen. Ein alter Jaguar hält neben dem Mercedes. Frau Koch steigt aus und kommt auf die beiden zu.

Erneut flammt Unbehagen in Doris auf, das sie zwar zu ignorieren versucht, aber das gelingt nicht so richtig. Es ist ihr sonnenklar, dass eine Begegnung mitten in der Nacht mit den beiden Polizisten, die den Fall bearbeiten, natürlich kein Zufall sein kann.

Sie schaut Frau Koch an, die ungeschminkt und ungekämmt ist. Sie hat offensichtlich schon geschlafen. „Guten Morgen, ich hoffe nicht, dass ich der Anlass bin, dass Sie schon so früh auf sind." Die Kriminalistin blickt sie vielsagend an und antwortet nicht. Auch Solm sagt kein Wort. Ihr Schweigen ist höchst wirksam.

Die Witwe tritt nervös von einem Fuß auf den anderen. „Ist etwas passiert, das ich wissen müsste?", versucht sie es ganz ungeniert.

„Ja", sagt der Kommissar, „wir kommen immer weiter

in den beiden Fällen!"

„Wieso sprechen Sie von zwei Fällen?"

„Ich dachte, dass Sie das wissen. Wir sprechen von Ihrem Ehemann und Ihrem Freund", entgegnet Frau Koch, die langsam wach wird.

„Wir haben die Akte vom damaligen Unfall Ihres Gatten wieder geöffnet, nachdem wir das Foto vom Collier auf den Felsen gefunden haben."

„Nun, das ist Ihre Sache. Ich verstehe nicht, was ich damit zu tun habe."

„Wir zwar auch noch nicht genau, aber wir kommen langsam weiter, wie mein Kollege schon sagte. Sie haben ausgesagt, dass Sie ein solches Collier nie gesehen und nie besessen haben. Stimmt das?"

„Ja, das trifft zu", antwortet sie ein wenig hochnäsig.

„Frau Heller, wissen Sie, was dies ist?" Heller hält ihr den Receiver hin.

„Keine Ahnung, sieht wie Spielzeug aus", erwidert sie.

„Es ist ein Empfänger. Hiermit kann ich einen Sender empfangen. Schauen Sie, in diese Richtung etwa 150 Meter von hier entfernt muss er sein. Wissen Sie, die Technik ist heutzutage faszinierend. Ein solches Gerät kann zum Beispiel mit einiger Mühe in einen Verschluss eines Colliers eingebaut werden. Er sendet auch eine ganze Weile. Wir können in Ruhe warten, bis die Froschmänner ihn morgen herausholen. Was ist? Ist Ihnen nicht gut, Frau Heller?"

Sogar im fahlen Mondlicht können die Ermittler erkennen, dass die Witwe kreidebleich ist. Ihre Sprachlosigkeit spricht Bände.

Sie schluckt einige Male mit offenem Mund und sammelt sich nur langsam.

Dann läuft ihr Gesicht vor Wut rot an. "Ist schon eine Sauerei, was die Leute heute alles so probieren, um irgendeinen Sündenbock zu bekommen."

„Ich hoffe, Sie sprechen nicht von uns, gnädige Frau?", schießt Solm zurück. „Wir erwarten Sie heute um elf Uhr im Präsidium. Wenn Sie mögen, können Sie gerne Ihren Anwalt mitbringen. Bitte, seien Sie pünktlich, denn wir haben in diesen Fällen noch eine Menge Arbeit vor uns."

Doris fährt wie geschockt nach Hause. Sie versucht nachzudenken, es gelingt ihr nicht. Nachdem sie partout nicht mehr einschlafen kann, setzt sie sich vor den Fernseher und sieht sich einen uralten Film an.

Um sechs macht sie sich ein Frühstück. Während sie ein Toastbrot isst, versucht sie sich zu erinnern, was sie gerade im TV gesehen hat. Sie weiß es nicht mehr!

KAPITEL 15

Pünktlich um elf Uhr fährt Doris ihr schwarzes Cabrio auf den Parkplatz vor dem Präsidium. Solm steht am Fenster. Ein unbeteiligter Beobachter würde meinen, dass der Mann träumt. Das Gegenteil ist der Fall. Sein Gehirn arbeitet auf Hochtouren, und nebenbei bemerkt er, wie Doris Heller, genau wie damals nach dem Unglück ihres Ehemanns, wieder neben seinem Wagen parkt.

Er ruft Frau Koch an.

Dieses Mal setzt sich das Trio ins Ermittlungszimmer und nicht ins Büro. Solm räuspert sich:

„Danke, dass Sie gekommen sind, Frau Heller. Sind Sie alleine da?"

„Ja, selbstverständlich, ich habe nichts Verbotenes getan!"

„Haben Sie eigentlich ein gutes Gedächtnis?"

Sie denkt an den Film, den sie vor einigen Stunden gesehen und bereits wieder vergessen hat. Trotzdem antwortet sie:

„Ich meine schon. Warum?"

„Sind Sie damals, nachdem wir Ihnen das Ableben Ihres Mannes mitgeteilt hatten, sofort ins Krankenhaus gefahren?".

„Wieso fragen Sie?"

„Ich war nämlich auch da und meinte, Ihren Wagen gesehen zu haben. Sie haben doch ein schwarzes Auto?"

„Ach, Herr Kommissar, schwarz ist eine populäre Farbe", bemerkt sie mit einer leicht spöttischen Miene. „Ist das wichtig?"

„Absolut nicht. Ich wollte das nur interessehalber wissen. Nun, erzählen Sie uns einmal, warum Sie mitten in der

Nacht auf der Mole spazieren gehen und eine Kette ins Wasser werfen, die Ihnen angeblich nicht gehört, und die Sie auch nie gesehen haben."

„Tja, da muss ich wohl ein Geständnis machen. Es ist mein Collier, aber ich wollte vermeiden, in die Geschichte mit hineingezogen zu werden, und deshalb habe ich Ihnen gesagt, dass es nicht meins ist."

„Was für eine Geschichte, Frau Heller? Ihr Mann ist verunglückt, der Fall war abgeschlossen. Warum sollten Sie nicht zugeben, dass Sie ein solches Schmuckstück besitzen?"

„Ach, ich war doch immer noch so durcheinander durch den fürchterlichen Tod von Ullrich. Da habe ich einfach keine Lust gehabt, mich Ihren Fragen nochmals auszusetzen."

„Hm ..., da können Sie natürlich Probleme bekommen, wenn Sie uns anlügen. Haben Sie uns noch andere Märchen aufgetischt?"

„Nein, ich schwöre es, sonst war alles genauso, wie ich Ihnen gesagt habe."

Nachdem sie ihre Aussage unterschrieben hat, verabschiedet sie sich mit dünner Stimme von den beiden Ermittlern. Um sich zu beruhigen, kauft sie eine Stunde später ein sündhaft teures Kleid in einer Nobelboutique.

Solm und Koch setzen sich nach dem Mittagstisch wieder zusammen.

„Wissen Sie, Frau Koch, ich bin jetzt davon überzeugt, dass die Dame ihr Witwendasein herbeigemordet hat. Sie hat dann anschließend ihren Liebhaber umgebracht, da der junge Mann versucht hat, sie zu erpressen."

„Sie mögen Recht haben, Herr Solm, aber was wir bis jetzt haben, wird leider immer noch nicht reichen, Anklage zu erheben. Wir brauchen mehr!"

Wenig später kommt auch Nemic dazu, und es wird weiterdebattiert. Die drei sind sich einig, dass es kaum ergänzende Möglichkeiten gibt, Beweise zu sammeln.

Der Kommissar meint schließlich: „Wissen Sie was, Frau Koch, ich gehe noch mal in den Wald und suche die Umgebung ab. Machst du mit, Jan?"

„Klar, Waldluft ist gesund. Wann willst du gehen?"

Schon früh am nächsten Morgen treffen sich die beiden im Büro. Nach einem kurzen Kaffee machen sie sich auf den Weg. Vogelgezwitscher und eine wunderschöne Natur empfangen sie an diesem Sommermorgen.

„Martin, wenn wir nichts finden, gehen wir in die Pilze. Hier gibt' s bestimmt welche."

Die Aufgabenauftailung sieht so aus, dass Martin die Umgebung des vermeintlichen Tatorts bei den Klippen absucht, während sich Nemic die Waldlichtung noch einmal vornimmt, auf der Burke in der Falle gefunden wurde.

Sie machen aus, sich um halb zehn zu treffen, um einen Kaffee zu trinken, den Solm in einer Thermosflasche mitgebracht hat.

Beide sind nicht sehr erfolgreich. Sie sitzen zur ausgemachten Zeit unter einem Baum auf der Anhöhe mit einem warmen Becher Kaffee in der Hand. Als Solm sich nach den Kindern seines Kollegen erkundigt, bekommt er keine Antwort, stattdessen ein kaum verständliches, unkonzentriertes Gemurmel.

„Du Martin, schau mal. Nein, da in der Mitte. Fällt dir nichts auf?"

„Nein, was soll mir auffallen? Ich sehe nur Tannennadeln."

„Genau, die sehe ich auch. Aber dieser kleine Tannenteppich liegt fast in der Mitte der Waldwiese, und da stehen gar keine Nadelbäume. Da sind nur die beiden Birken und die kleine Eiche."

„Na und, die können doch hierher geweht sein?"

„Sicher, ist möglich. Ich schaue mir die Sache trotzdem einmal an."

Sie beschließen, sich um zwölf wieder zu treffen. Solm verschwindet in die Dünen. Nemic schaut sich jetzt die Stelle genau an. Vorsichtig geht er mit einer kleinen Harke durch die Nadeln und schiebt sie auf einen Haufen. Nachdem das Häufchen schon eine beachtliche Höhe hat, fällt ihm auf, dass einige Nadeln dunkler aussehen, während die restlichen heller, trocken und rissig sind.

Er packt die Lupe aus, schaut genau hin, dann ruft er laut: „Heureka!"

Solm, der noch nicht weit weg ist und zitatgewohnte Ohren hat, hört den Ausruf und schlendert herbei.

Nemic untermalt das Gesagte mit einer ausladenden Geste: „Guck mal Martin, ich glaube, das ist Blut. Es kann nicht vom Opfer sein, das lag zu weit weg."

„Das sehe ich auch so. Aber es könnte von einem Reh oder Kaninchen sein!"

„Pfui Teufel, Martin, du nimmst einem alle Illusionen." Er verpackt ein gutes halbes Dutzend der durchtränkten Nadeln in eine Tüte. Nachdem die Stelle vollkommen sauber ist, stellt er fest, dass der Boden in der Mitte ein wenig abgesackt ist. Er gräbt an dieser Stelle tiefer, aber er findet nichts mehr.

Um zwei fahren die beiden müde nach Hause. Solm hat nichts Verwertbares entdecken können. Nemic ist zuversichtlich, dass die Analyse seiner Nadeln ergibt, dass es sich um Menschenblut handelt. Und er sollte Recht bekommen. Die Auswertung, die am nächsten Tag vorliegt, ist eindeutig: Menschenblut, Blutgruppe 0, Rhesus negativ.

Dass die Presse sich bisher auffallend zurückgehalten hat, hat mit der Tatsache zu tun, dass der Tatort und Tathergang aus kriminaltechnischen Überlegungen nicht bekannt gegeben wurden. Es wurden nur die Informationen gedruckt, die sie von der Polizei erhielten, und die zuständigen Journalisten hatten keine Veranlassung, Eigeninitiative zu entwickeln.

In den beiden Artikeln, die erschienen waren, wurde nur erwähnt, dass ein gewisser Herr B. in den Dünen tot aufgefunden wurde. Nach einem weiteren Meeting mit den Kollegen beschließt Frau Koch, ergänzende Informationen preiszugeben.

In der Samstagsausgabe beider Zeitungen werden jetzt die näheren Umstände von Ullrichs Tod geschildert. Auch das Tellereisen wird beschrieben. Ferner sucht die Polizei nach Zeugen, die Burke in den letzten Tagen vor seinem Ableben gesehen haben. Ein Foto des Studenten ist beigefügt und die Telefonnummer vom Präsidium wird erwähnt. Bis Ende der nächsten Woche tut sich nichts.

Freitags nach der Gymnastik treffen sich die Rentner in der Kleinstadt immer zu einem Bier in der Sportkneipe und verbessern die Welt. Nachdem die Politik durchgekaut ist, meldet sich der Jüngste von ihnen: „Habt ihr das gelesen von dem Typen, der in einem Tellereisen gefangen wurde?"

"Nee, was ist passiert?" Und der Mann erzählt, was er gelesen hat.

„Fritz, hast du so ein Ding nicht auch in deinem Museum?".

„Das hast du dir gut gemerkt, Hans. Wir haben auch so 'n Ding. Ich wundere mich allerdings, dass es davon noch mehr in der Gegend gibt, denn die sind hier absolut verboten. Weißt du genau, dass es ein Tellereisen war?"

„Ja, ich glaube schon. Ich schaue noch mal nach. Die

Zeitung müsste noch da sein."

Auf dem Weg nach Hause fällt Fritz ein, dass er schon lange nicht mehr nach dem Rechten gesehen hat in „seinem" Museum. Er überlegt: „Das müsste schon bald ein halbes Jahr her sein." Es läuft dort alles wie geschmiert, die Führungen werden nach Absprache gehalten, und die von ihm eingerichtete Abteilung ist schon lange komplett.

Er nimmt den Umweg und schließt die Museumstür auf. Ohne sich groß unten aufzuhalten, geht er die Treppe hoch zu seinem Reich. Es sieht alles perfekt aus. Die Dekoration gefällt ihm immer noch, und die Anordnung der Geräte ist gelungen.

Nachdem er einmal umhergelaufen ist und seine Hand schon am Lichtschalter hat, stutzt er: „Moment mal, in der Kneipe sprachen wir über das Tellereisen. Wo ist das denn?" Intuitiv weiß Fritz, dass er es nicht finden wird, aber trotzdem läuft er den Dachboden noch einmal ab und schaut in alle Ecken. Dann macht er das Licht aus und schließt die Tür. Unten setzt er sich in einen Stuhl in dem kleinen Büro und ruft Sabine an.

Sabine ist der gute Geist im Hause und managt das Museum schon seit vielen Jahren. Sie spricht mit den Handwerkern, organisiert die Führungen, verhandelt mit der Putzfrau und weiß immer, wo alles ist.

„Sabine, Fritz hier. Ich bin im Museum und suche das Tellereisen. Hast du es nach unten gebracht?"

„Nein, wie kommst du darauf? Dein Kram gehört doch nach oben. Der hat unten nichts zu suchen!"

Er dankt ihr und ruft postwendend seinen Sportkumpel Hans an.

„Hans, heute beim Bier sprachen wir doch über den Artikel in der Zeitung mit der Falle. Kannst du mal schauen, ob du diesen Bericht noch hast?"

„Habe ich schon längst getan. Ich hab ihn gefunden. Willst du vorbeikommen?"

Noch am Freitagmittag ruft der ehemalige Jäger und Bürgermeister des kleinen verschlafenen Orts das Kommissariat in der Stadt an. Man verbindet ihn mit Solm.

„Guten Tag, Herr Solm. Mein Name ist Fritz Landau. Ich habe diesen Aufruf in der Zeitung vor mir liegen. Es geht da um ein Tellereisen, in dem wohl ein Mann zu Tode gekommen ist. Ich habe vor einigen Jahren eine Abteilung in unserem Museum eingerichtet, in der Tierfangvorrichtungen gezeigt werden. Da war auch ein Tellereisen dabei, und das ist verschwunden."

„Seit wann, Herr Landau?"

„Ja, das weiß ich nicht so genau. Es ist nur ein kleines Heimatmuseum. Wir machen Führungen nach Vereinbarung. Alle arbeiten ehrenamtlich, und wir machen nicht jeden Tag Inventur."

„Würden Sie Ihr Eisen wiedererkennen?"

„Da bin ich mir sicher, denn ich habe es geschweißt, nachdem wir es defekt erworben hatten."

„Von wo rufen Sie denn an, Herr Landau? Aha! Das dürften so gut hundert Kilometer von uns sein. Ist es Ihnen möglich zu uns zu kommen? Wir würden Ihre Auslagen selbstverständlich übernehmen."

Schon am nächsten Tag findet sich Herr Landau im Präsidium ein. Er bestätigt, dass es „sein" Tellereisen ist, in dem Burke so tragisch zu Tode gekommen ist. Zum Verschwinden kann er nach wie vor nichts sagen. Er legt für die beiden Damen, die durch das Museum führen, seine Hand ins Feuer, dass diese hiermit absolut nichts zu tun haben.

Koch und Solm brüten weiter und versuchen, die Puzzlestückchen zu komplettieren.

„Ich glaube, dass derjenige, der Burke auf diese brutale Weise umgebracht hat, eine unglaubliche Wut auf ihn gehabt haben muss! Wenn's wirklich Mafiosi gewesen wären, hätten die es nicht so kompliziert gemacht. Warum sollten sie das Risiko eingehen, sich ein Eisen aus einem Museum zu klauen? Dabei könnten sie entdeckt werden. Das macht alles keinen Sinn", sagt Koch.

„Da haben Sie Recht. Man wollte ihn nicht nur ermorden, er sollte auch leiden. Glauben Sie nicht, dass unsere Kriminaltechniker mal ein komplettes Profil von der Heller machen sollten?"

„Nachdem Nemic Menschenblut geleckt hat, werden wir das tun müssen. Auch wenn sie darüber nicht so glücklich sein wird."

Martin ruft die Witwe an und erklärt, dass man sie für eine technische Untersuchung benötige und bei der Gelegenheit ein wenig Blut abnehmen möchte. Solm hat Recht. Sie wird ziemlich aggressiv.

„Jetzt habe ich es schon so schwer nach dem Tod von Ullrich. Und Sie hören nicht auf mit Ihren Fragen und Forderungen. Warum tue ich mir das überhaupt noch an? Können Sie mich bitte, bitte endlich mal in Ruhe lassen."

Nachdem der Kriminalist auf der Forderung besteht, verliert sie völlig die Fassung und legt wutentbrannt auf.

Sie wirft sich auf die Couch und weint vor Wut und Ohnmacht. „Was haben die blöden Bullen noch alles in petto?" Zwei Tage später liegt die Bitte schriftlich vor. Doris beschließt, weiter zu kämpfen.

Eine Stunde, bevor die Witwe im Amt eintrifft, erhält Solm einen Anruf. Er erkennt die akzentuierte Stimme sofort:

"Guten Tag, Herr Zott. Wie ist es Ihnen bei Ihrer Weltreise ergangen?"

„Gut, Herr Kommissar. Ich war im Ausland; es hat mir sehr, sehr gut gefallen. Ich überlege mir jetzt, ob ich mein Winterquartier vielleicht da aufschlage."

„Heißt das, dass Sie umziehen möchten?"

„Genau das meine ich damit. Aber ich rufe Sie wegen einer anderen Sache an. Ich bekam gestern eine alte Zeitung in die Hand und habe von Ihren Bemühungen gelesen, noch mehr Informationen zu bekommen über den Bekanntenkreis des verstorbenen jungen Mannes... wie hieß er noch mal?"

„Sie meinen Herrn Burke."

„Genau, Burke. An dem Tag, als wir uns in den Dünen trafen, habe ich etwas gefunden. Ob' s wichtig ist, kann ich nicht beurteilen."

„Was ist es denn?"

„Ein Ring, mit so Glitzersteinchen oben drauf. Ich glaube es ist billiger Tand, aber so genau kenne ich mich nicht aus. Ich habe ihn in meinen Rucksack gesteckt und vollkommen vergessen. Wissen Sie, man findet viel, wenn man so mit dem Rad unterwegs ist, immer mal anhält und seine Augen offen hat. Wir leben in einer absoluten Wegwerfgesellschaft."

„Können Sie uns den Ring zukommen lassen?"

„Aber klar doch, ich kann ihn vorbeibringen."

„Sind Sie denn in der Nähe?"

„Nein, das nicht, aber ich fahre sowieso in Ihre Richtung. Moment Mal, ich schaue gerade auf die Karte. Das sind ungefähr zweihundert Kilometer. Morgen Nachmittag kann ich bei Ihnen sein. Wann machen Sie zu?"

„Nun, richtig zu macht die Polizei nicht. Ich bin so bis sechs da, und wenn Sie später kommen sollten, können Sie es bei dem wachhabenden Kollegen abgeben."

Der Kommissar lässt Frau Heller telefonisch ausrichten,

dass der Termin heute leider ausfällt. Man wird sie neu laden. „Soll sie ruhig weitergrübeln und sich über die Polizei ärgern."

Wie vereinbart, trifft der Radler am nächsten Tag kurz nach fünf ein.

Der Kommissar bietet ihm eine Tasse Kaffee an und zeigt ihm den Plan mit der Stelle, an der Burke gefunden wurde. „Das ist hervorragend gezeichnet, Herr Solm. Ich nehme an, dass das Kreuz auf die Leiche hindeutet. Sehr passend übrigens, so 'n Kreuz für die sterblichen Überreste. Schauen Sie, hier habe ich übernachtet und ungefähr da lag der Ring.

Ich fand ihn vor meinem großen Fund und hab ihn natürlich nicht mit einem männlichen Leichnam in Verbindung gebracht, sonst hätte ich ihn Ihnen wahrscheinlich gegeben. Wenn ich daran gedacht hätte natürlich, irgendwie bin ich in letzter Zeit ein wenig vergesslich.

Glauben Sie, dass das mit Verkalkung zu tun hat, und wenn ja, was kann ich dagegen tun? Oder liegt's am Rauchen und Trinken? Da war ich früher unschlagbar! Habe gehört, dass man dem entgegenwirken kann, indem man sich geistig mehr beschäftigt. Soll ich vielleicht chinesisch lernen oder mich lieber für Waisenkinder im Tschad engagieren?

Der Ermittler unterhält sich noch eine ganze Weile mit dem Aussteiger. Solm ist sich nicht im Klaren, ob der Ex-Psychiater sich wirklich freut, so zu leben, wie er lebt, oder regelrecht auf der Flucht vor Job und Familie ist. Er lässt sich schwer einschätzen, und man kann ihn nicht leicht in eine Schublade stecken.

Manchmal sind seine Kommentare kindisch, oft aber kommt auch der gescheite und ehrbare Mensch durch. Hier bestätigt sich die These seines alten Chefs, dass der Begriff der Intelligenz häufig von Missverständnissen geprägt ist.

Dass Zott nichts mit dem Mord zu tun hat, darüber gibt es für ihn keinen Zweifel!

Am nächsten Morgen setzt sich Frau Koch mit einer dampfenden Tasse Kaffee in der Hand an Solms Schreibtisch.
„Guten Morgen! War Ihr Fahrradkurier da?"
Solm überreicht ihr den Ring. „Ich kenne mich damit nicht aus, aber so billig, wie ihn der Zott beschrieben hat, scheint er mir nicht zu sein."
„Für mich sind das echte Diamanten. Wir müssen allerdings die Experten fragen. Moment ... warten Sie mal ... ich meine, ich habe so einen Ring schon einmal gesehen. Lassen Sie mich überlegen ... klar ... jetzt fällt's mir ein."
Sie zieht das Dossier aus ihrer Schublade und blättert.
„Voilà, da haben wir es. Ein solcher Ring wurde, zusammen mit dem Collier von Frau Heller, von meinem Inder repariert. Er gehört der Witwe Heller."
„Ist das sicher? Kann's davon nicht mehrere Modelle geben?"
„Das kann ich herausfinden, der Mann ist so penibel und ordentlich. Außerdem fotografiert er die Stücke, die er zur Reparatur erhält. Er kann mir bestimmt sagen, ob es unser Schmuckstück ist."
Noch bevor sie ihre Tasse leer hat, ruft sie den alten Herrn an und macht einen Termin für den Nachmittag. Unter der Lupe zeigt er ihr die Stelle, an der der neue Stein eingesetzt wurde.
„Ja, Frau Kommissarin, das ist der Ring, den ich zur Reparatur hatte. Es gibt keinen Zweifel." Der Befund aus dem Labor zeigt, dass sich auf dem Ring minimale Blutspuren befinden.

KAPITEL 16

Als Frau Heller eine Woche später wieder geladen wird, ist sie so zahm wie ein Lamm.

„Guten Tag, Frau Koch. Guten Tag, Herr Solm. Sie müssen bitte entschuldigen, dass ich damals so ausgerastet bin. Wissen Sie, das Ganze hat mir doch mehr zugesetzt, als ich dachte."

„Dafür haben wir Verständnis, Frau Heller. Die Situation ist für uns alle nicht angenehm, aber wir müssen routinemäßig gewisse Untersuchungen vornehmen."

Nachdem der Arzt ihr Blut abgenommen hat und ihre Fingerabdrücke fein säuberlich verpackt sind, begibt sie sich wieder ins Büro von Solm.

„So, Herr Kommissar, da bin ich wieder. Was kann ich sonst noch für Sie tun?"

Martin schaut auf. Ein wenig überheblich sagt er: „Danke, Frau Heller, wir haben jetzt, was wir wollten. Ich wünsche Ihnen noch einen guten Tag."

Das macht sie anscheinend doch etwas unsicher. Sie bleibt einen Moment ratlos stehen, dreht sich um und knallt die Tür hinter sich zu.

Nach Auswertung der Fingerabdrücke wird ein weiterer Bericht für den Chef geschrieben, der einige Tage später ein Meeting einberuft, an dem alle Beteiligten teilnehmen.

„Guten Morgen, Frau Koch, guten Morgen meine Herren. Zuerst möchte ich Ihnen gratulieren zu Ihrer Arbeit und dem damit verbundenen Spürsinn. Wenn ich Ihre Ergebnisse rekapituliere, sieht es so aus, dass diese Frau Heller in beide Mordfälle verwickelt ist. Gibt es noch irgendwelche Fragezeichen oder Unsicherheiten?

Nein, gut, dann warten wir noch die Ergebnisse der Blutprobe ab und werden die Dame nochmals offiziell vernehmen."

Doris ist nach dem Besuch im Präsidium sehr mulmig zumute. Sie fährt in die Villa, stellt sich unter die Dusche und lässt das Wasser lange, sehr lange über ihren Körper plätschern. Ihre Haut ist ganz durchweicht, aber das gute Gefühl will sich nicht einstellen. Sie flüchtet sich in die Vogel-Strauß-Politik.

Sie ruft ihr Reisebüro an und bucht eine Last-Minute-Gruppen-Rundreise von vier Wochen durch die USA. Sie informiert nicht mal ihre beste Freundin, geschweige denn die Polizei. Schon am nächsten Tag tritt sie die Reise an.

Nachdem sie auf die polizeiliche Vorladung nicht reagiert, finden die Kriminalisten schnell heraus, wohin die jetzt offiziell als verdächtig Geführte geflohen ist.

Um zu vermeiden, dass sie sich mit dem Geld absetzen kann, wird mit der Bank vereinbart, dass Abhebungen, die über einen bestimmten Betrag hinausgehen, zuerst der Polizei gemeldet werden.

Tatsächlich landet bei Direktor Burke nach zwei Wochen die Anfrage einer U.S. Bank, einen Transfer in der Höhe von 800.000 US $ zu Händen von Frau Heller zu tätigen. Die Anfrage wird negativ beschieden. Als Grund werden Exportbestimmungen in Zusammenhang mit dem Geldwäschegesetz aufgeführt.

Es bleibt Frau Heller nichts Anderes übrig, als wieder mit der Gruppe zurückzureisen.

Immerhin hat sie mit der Reise nicht nur Sonne, sondern auch wieder einiges an Selbstvertrauen getankt.

Solm erwartet sie frühmorgens am Flughafen. Kurz bevor Doris ins Taxi einsteigt, tritt er auf sie zu.

„Guten Morgen, Frau Heller. Wir haben Sie vermisst. Hatten Sie eine gute Reise?"

Er drückt ihr die neue Ladung in die Hand: „Wir wollten Sie vor einem Monat schon einmal vorladen, da waren Sie leider ausgeflogen."

„Ja und, ich brauch mich doch nicht bei Ihnen abzumelden, wenn ich verreise?"

„Nein, bisher nicht, Frau Heller, aber ich bitte Sie, sich künftig zu unserer Verfügung zu halten. Das heißt, uns zu informieren, wenn Sie die Stadt verlassen möchten."

Aufgewühlt lässt sie sich nach Hause fahren. Sie schaut aus dem Taxi raus, es regnet, die Bäume sind inzwischen zu kahlen Skeletten geworden, und die dünnen Äste ragen traurig über die Straße.

Auch die Vernehmung findet an einem grauen regnerischen Tag statt. Hoffentlich ist das kein böses Omen, denkt Doris. Das Wetter hebt ihre Laune nicht. Sie erkennt, dass sie an einem kritischen Punkt angekommen ist und dass dieser Tag folgenschwer sein könnte.

Solm räuspert sich: „Frau Heller, wir haben inzwischen das Ergebnis Ihrer Blutprobe. Wir werden Sie festnehmen müssen. Ihnen werden drei Morde zur Last gelegt."

„Was, drei Morde ... das ist unmöglich, das kann nicht sein, wie ... wie kommen Sie auf solche Ideen?"

„Wie viele Morde haben Sie uns denn zu bieten?"

„Überhaupt keine, ich weiß nicht, was das soll."

„Möchten Sie vielleicht jetzt einen Rechtsbeistand haben?"

„Nein, was soll das? Ich habe nichts verbrochen."

„Gut, dann fangen wir an: Es wird Ihnen zur Last gelegt, Ihren Ehemann, Bernd Heller, umgebracht zu haben. Das Opfer hat immerhin noch so lange gelebt, dass er eine Botschaft auf einem Felsen hinterlassen konnte. Seine Mitteilung ist Ihnen bekannt: Er beschuldigt Sie, ihn hinuntergestoßen zu haben, in dem Moment, in dem er Ihr Collier in Sicherheit bringen wollte.

Es wurde fotografisch dokumentiert, dass sich das Collier am Nachmittag noch am Tatort befand. Am nächsten Vormittag war es nicht mehr da, sondern in Ihrem Schmuckkästchen. Nachdem es Ihnen bewusst wurde, dass der Besitz des Schmucks Sie belasten könnte, warfen Sie es mitten in der Nacht ins Wasser.

Sie haben die beiden Nachtaufnahmen mit der Kamera Ihres Mannes gemacht, um zu dokumentieren, dass er abends da war.

Ihr Freund, Ullrich Burke, hat Verdacht geschöpft, die Kritzelei gefunden, und versucht, Sie zu erpressen.

Sie haben die verlangte Summe von 500.000,- Euro zwar abgehoben, aber irgendwann herausgefunden, dass Ihr Freund der Erpresser ist.

Sie wussten von der Küstenwache, dass er einige Male zu den Klippen gefahren ist, und Ihnen diesbezüglich nicht die Wahrheit gesagt hatte.

Nachdem Ihr Liebhaber identisch mit Ihrem Erpresser war, sollte er dafür bluten, und zwar im wahrsten Sinne des Wortes.

Sie besorgten eine Falle und überredeten ihn, zum Tatort, nennen wir ihn der Einfachheit halber mal Tatort zwei, zu kommen. Da geriet er in die von Ihnen ausgelegte Eisenfalle. Sie klebten ihm den Mund zu und haben ihn wahrscheinlich gefesselt, damit er sich nicht befreien konnte.

Sie sind wohl davon ausgegangen, dass eine Grausamkeit die andere rechtfertigt. Dummerweise haben Sie an dieser Stelle etwas verloren, und zwar Ihren Ring."

Solm zeigt ihr eine Vergrößerung des Schmuckstücks.

„Aber, Kommissar, solche Ringe gibt' s überall. Wieso soll das mein Ring sein?"

„Können Sie sich erinnern, dass Sie ihn vor drei Jahren

einmal reparieren ließen?

Es war bei einem liebenswerten alten Herrn, einem Inder. Er bezeugt, dass es der Ring ist, den er in seiner Werkstatt hatte. Er macht von allen hochwertigen Stücken Bilder. An Hand dieser Fotos konnten wir einwandfrei feststellen, dass er Ihnen gehört."

Doris steigt das Blut zu Kopf. Ihre Herztätigkeit beschleunigt sich.

„Verdammt, das habe ich nicht gemerkt. Den Ring habe ich auch gar nicht vermisst", denkt sie.

„Und wenn ich ihn verloren habe?"

„Frau Heller, ich glaube, Sie verdrängen die Realität. Ausgerechnet am Tatort? Finden Sie das nicht etwas merkwürdig?"

„Vielleicht war er in Ullis Besitz, der ihn dort verloren hat. Ich habe keine Ahnung."

„Müssten Sie schon haben, denn auf dem Ring und auf dem Waldboden sind identische Blutspuren. Sie sind von Ihnen!"

Sie merkt, wie das Adrenalin wie verrückt durch ihren Körper gepumpt wird, schluckt zwei, drei Mal und holt tief Luft: „Das kann ich mir wirklich nicht erklären. Übrigens, für welchen Mord soll ich sonst noch geradestehen?"

„Ach, bei diesem Mord handelt es sich eher um Totschlag. Allerdings ist es eine Tat, die nicht geahndet wird."

„Machen Sie es nicht so spannend, Herr Kommissar. Wen soll ich totgeschlagen haben?"

„Da muss ich ein wenig ausholen. Sie waren während Herrn Burkes Abwesenheit in seiner Wohnung. Am Reststaub konnten wir feststellen, dass über die Hälfte der Bücher mit Handschuhen herausgenommen und durchgeblättert wurde. Ein Student würde das wohl kaum in der Art tun. In einem der Bände haben Sie wahrscheinlich einen Plan oder eine Notiz gefunden, die die Stelle anzeigt, an der

Burke Ihr Geld vergraben hat.

Wenn Sie ein wenig mehr Ausdauer gehabt hätten, wäre Ihnen ein weiteres wichtiges Beweisstück in die Hände gefallen. In einem Auslandsstudienführer war ein Bild mit der Felsenschrift Ihres Ehegatten versteckt und ein Foto von seinem Brillenglas, mit der er die Botschaft geschrieben hat.

So, jetzt komme ich zu Ihrer Frage: Frau Heller, Sie haben eine Fliege getötet in der Wohnung Ihres Liebhabers, in der Sie angeblich nie waren. Sie haben sie mit der Zeitung erledigt. Die Zeitung war vom Tag nach dem Ableben von Herrn Burke. Er kann sie also nicht in die Wohnung gebracht haben.

Der Hausmeister hat ausgesagt, dass er Burkes Post immer in seiner eigenen Wohnung abgelegt habe und nach Burkes Verschwinden nur ein einziges Mal mit Burkes Vater in der Wohnung war. Bei diesem Besuch wurden keine Zeitungen mitgebracht und keine Fliegen verfolgt. Bisher gingen wir davon aus, dass die Fingerabdrücke auf dem Blatt vom Austräger sind. Nachdem Sie uns Ihre freundlicherweise überlassen haben, wissen wir es besser. Frau Heller, Ihre Fingerabdrücke und ein wenig Restfliege sind auf dem Morgenblatt."

Doris ist eine ganze Weile still, abwechselnd sieht sie Solm und Koch an: „Und was bedeutet das alles für Sie?"

„Frau Heller, es ist ähnlich wie bei Ihrem Collier. Die einzelnen Perlen bilden die Kette. Die vorher genannten Indizien bilden für uns auch eine Kette. Und diese ist jetzt rund und komplett. Und wenn's nicht reichen sollte, werden wir auch die letzten Beweise noch herbeischaffen."

Doris ist blass, sie kann sich kaum noch richtig konzentrieren und ihr Blick ist nach innen gerichtet, denn obwohl es sich nur um nackte Fakten handelt, ist Solms Aufzählung eine Steigerung voll dramatischer Spannung.

„Welche meinen Sie?", erwidert sie matt.

„Zum Beispiel, wie Sie zu dem Nachschlüssel zu Burkes Wohnung gekommen sind oder wann Sie die Falle gestohlen haben."

„Ich habe doch gesagt, dass ich nicht in der Wohnung war, und in dem komischen Museum war ich auch noch nie."

„Bingo, Frau Heller, das war ein klassischer Fauxpas. So ein Glück haben wir selten. Jetzt haben wir noch einen Beweis!"

„Wie ... was ... wieso denn das?"

„Tja, es wurde nirgends erwähnt, wo die Falle herkam. Das konnte nur der Täter oder die Täterin wissen."

Jetzt war Doris einem Zusammenbruch nahe. Ihre Stimme war kurz vor dem Versagen.

„Ich … ich, nun, wissen Sie ..., die konnte doch nur aus einem Museum kommen."

„Selbstverständlich Frau Heller, wo sollte sie sonst herkommen?", erwiderte Solm ein wenig amüsiert.

„Und wie ... wie soll's jetzt weitergehen?", fragt Doris mit tonloser Stimme.

„Wir werden Sie jetzt festnehmen müssen. Sie werden dem Haftrichter vorgeführt und mit an Sicherheit grenzender Wahrscheinlichkeit in U-Haft kommen. Sobald die Anklageschrift erstellt ist, kommt es zum Prozess. Nach den vorliegenden Erkenntnissen sind wir uns dessen auch sicher! Frau Heller, da kommen Sie nicht mehr raus!"
Doris schweigt sehr lange. Die Ausweglosigkeit ihrer Situation ist ihr in ihrer ganzen Tragweite bewusst. Sie schaut die beiden Ermittler unvermittelt an.

„Kann ich noch mal nach Hause fahren, um mir einige Sachen zu holen?"

„In Begleitung unserer Kollegen sollte das kein Problem sein, Frau Heller."

Zehn Minuten später fährt sie mit zwei uniformierten

Polizisten zur Villa. Sie hat ein Gefühl, als ob der Boden unter ihren Füssen weggezogen wurde. Vermeintliche Geistesblitze und Mutlosigkeit überschlagen sich in ihrem Kopf. Dennoch gelingt es ihr, zu einem abschließenden Fazit zu kommen:

Nein, es bringt nichts mehr. Die wissen alles, ich habe blöde Fehler gemacht! Ich weiß, was mir jetzt blüht. Auch wenn es statt lebenslang nur fünfzehn Jahre sind. Wie alt bin ich, wenn ich rauskomme? Nein, unvorstellbar! Nicht mit mir! Unter keinen Umständen!

Auf der Küstenstraße fängt sie plötzlich an zu husten und zu würgen. „Entschuldigung, … mir ist schlecht … ich muss brechen. Das hat mich alles so mitgenommen. Können Sie bitte kurz anhalten!"

Sie weiß, dass nach einer Minute die große Haltebucht kommt. Hier stoppen öfters Reisebusse, damit die Touristen die großartige Aussicht von oben auf die Bucht genießen können. Sie würgt schon, während einer der Beamten die Tür öffnet. Mit dem anderen läuft sie die paar Meter zur Balustrade um sich zu übergeben.

Der Beamte bleibt dezent einige Schritte zurück. Das ist sein Fehler, denn mit einem Mal steht Doris auf der kleinen Mauer. Sie schaut sich kurz nach ihrem Begleiter um. Ihr Blick ist eine eigenartige Mischung aus Angst und verzweifeltem Mut. Der Polizist wird sich noch lange daran erinnern.

Sie balanciert einen kurzen Augenblick auf der dekorativen Wegbegrenzung, dann lässt sie sich fallen. Ihr langgezogener Schrei voller Todesahnung hallt von den Klippen zurück und füllt die feuchte Meeresluft.

Ende

Außerdem bei Uni**Scripta** erschienen ⟶

Kriminalromane (nach Erscheinungsdatum):

- **KALTHERZ** (Irmgard Schürgers, 2010)
  ISBN 978-3-942728-00-3
- **UNTERBELICHTET** (Peter Luyendyk, 2010/2024)
  ISBN 978-3-942728-01-0
- **DER LETZTE BESUCHER** (Chris Böhm, 2011)
  ISBN 978-3-942728-02-7
- **IM KREIS DER ZWÖLF APOSTEL** (Wolfgang Ullrich)
  ISBN 978-3-942728-03-4
- **SOS – TOD AN BORD** (Karin Rödder, 2011)
  ISBN 978-3-942728-04-1
- **ALTLAST** (Gerhard Schrick, 2011)
  ISBN 978-3-942728-05-8
- **VERGESSENE KINDHEIT** (Monika Hoßfeld, 2011)
  ISBN 978-3-942728-06-5
- **TOD IN DER WETTERAU** (Jule Schwachhöfer, 2011)
  ISBN 978-3-942728-07-2
- **TODESKANZEL** (Astrid Hennies, 2013)
  ISBN 978-3-942728-10-2
- **OKTOBERNEBEL** (Erika Reichhardt, 2014)
  ISBN 978-3-942728-13-3
- **WER AUF RACHE AUS IST** (Jule Schwachhöfer, 2016)
  ISBN 978-3-942728-20-1
- **DER HARLEKIN** (Chris Böhm, 2017)
  ISBN 978-3-942728-22-5
- **DENN SIE WISSEN WAS SIE TUN** (I. Schürgers, 2017)
  ISBN 978-3-942728-21-8

Romane

- **DAS ENDE DES FEGEFEUERS** (W. Ullrich, 2015)
  Historischer Roman
  ISBN 978-3-942-728-18-8

Forts. Romane

- **GANZ WIE EIN MENSCH** (W. Ullrich 2022)
  Science Fiction
  ISBN 978-3-942-728-29-4

- **ZEITENSPIELE (**Astrid Hennies, 2024)
  ISBN 978-3-942728-31-7

Frankfurter Anthologien (UniScripta Autoren)

- **MAIN HAUPTBAHNHOF** (2014)
  ISBN 978-3-942728-16-4
- **FRANKFURTER KULTURBEUTEL** (2018)
  ISBN 978-3-942728-23-2
- **BUNT STATT GRAU** 2019)
  ISBN 978-3-94272825-6
- **MAIN GENUSS** (2022)
  ISBN 978-3-942728-28-7

Kurzgeschichten

- **ZWISCHEN DEN WELTEN** (Peter Luyendyk, 2012)
  ISBN 978-3-942728-11-9
- **BIS AUF HEITERES** (W. Ullrich/G. Schrick 2012)
  ISBN 978-3-942728-12-6
- **MANN-O-MANN, FRAU-O-FRAU** (Schürgers/Luyendyk)
  ISBN 978-3-942728-14-0
- **ODE AN DIE FREUDE** (Peter Luyendyk, 2015)
  ISBN 978-3-942728-19-5
- **ÖFTER MAL NICHTS NEUES** (Peter Luyendyk, 2019)
  ISBN 978-3-942728-26-3

Kinderbücher

- **WENN DER ELEFANT BLINZELT…** (M. Hoßfeld)
  ISBN 978-3-942728-15-7

- **REKI (**A. Hennies/Laura Weise, 2023)
  ISBN 978-3-942728-30-0

Lyrik

- **ÜBER EINEM ALBATROS** … (Gerhard Schrick, 2014)
  ISBN 978-3-942728-17-1
- **FRANKFURTER SPRENGUNG** (Gerhard Schrick, 2018)
  ISBN 978-3-942728-24-9
- **AUSZEIT** (Gerhard Schrick, 2021)
  ISBN 978-3-942728-27-0

Theater

- **SPIEL(e)ABEND** (Astrid Hennies, 2011)
  ISBN 978-3-942728-09-6